rowohlt

HUNDERT AUGEN

MARIE AUBERT

KANN ICH MIT ZU DIR?

STORYS

Aus dem Norwegischen
von Ursel Allenstein
und Stefan Pluschkat

Rowohlt Hundert Augen

Die Originalausgabe erschien 2016 unter dem Titel
«Kan jeg bli med deg hjem» bei Forlaget Oktober AS, Oslo.

NORLA
NORWEGIAN LITERATURE ABROAD

Die Publikation der Übersetzung wurde von NORLA,
Norwegian Literature Abroad, gefördert.

Deutsche Erstausgabe
Veröffentlicht im Rowohlt Verlag, Hamburg, April 2022

Satz aus der Sabon Next, InDesign
Gesamtherstellung CPI books GmbH, Leck, Germany
ISBN 978-3-498-00289-3

Die Rowohlt Verlage haben sich zu einer nachhaltigen Buchproduktion verpflichtet. Gemeinsam mit unseren Partnern und Lieferanten setzen wir uns für eine klimaneutrale Buchproduktion ein, die den Erwerb von Klimazertifikaten zur Kompensation des CO_2-Ausstoßes einschließt.
www.klimaneutralerverlag.de

FSC
www.fsc.org
MIX
Papier aus verantwortungsvollen Quellen
FSC® C083411

KANN ICH MIT ZU DIR?

INHALT

EINFACH MACHEN

«WIR KÖNNTEN DOCH Sexbuddies sein», sagte ich hinterher.

Ich ließ meine Stimme unbeschwert und fröhlich durch die Dunkelheit klingen.

Er lachte.

«Spielst du jetzt die Coole?», fragte er.

Wir waren Bier trinken gewesen, ich hatte gezahlt. Ich war betrunkener als er, und obwohl er meinte, er sei nicht an etwas Festem interessiert, umarmte ich ihn vorm Teddy's und machte mit ihm rum, bis er schließlich aufgab und mich mit zu sich nahm.

Am nächsten Morgen küssten wir uns kurz und sagten: «Mach's gut.» Ich hatte immer noch frei und setzte mich, ohne geduscht zu haben, mit einer Zeitung in ein Straßencafé. Den gesamten Urlaub über war ich nicht ein Mal so früh aufgestanden. Ringsum auf den taunassen Plastikstühlen saßen nur ein paar Bauarbeiter. Mir war schwindlig, ich hatte einen dicken Kopf und kicherte. Es war mein erster freier Sommer seit Langem, da ich im Vorjahr eine Festanstellung bekommen hatte und mir diesmal keinen Ferienjob suchen musste. Ich verschüttete Kaffee, ließ die Zeitung ein paarmal fallen und überlegte, ob er wohl an mich dachte.

Ich meldete mich nicht bei ihm. Drei Wochen später schickte er eine Nachricht und fragte, ob ich feiern sei.

«Damit hab ich nicht gerechnet», rief ich Karin zu, als wir an der Theke standen und versuchten, die Aufmerksamkeit des Barkeepers zu erhaschen.

«Nein?», rief sie zurück. «Ich war mir sicher, er ruft dich an.»

Am nächsten Tag und auch nach unseren nächsten Treffen entdeckte ich blaue Flecken an meinem Körper. Ich konnte nicht sagen, ob mir das gefiel. Er zog mich an den Haaren, wenn ich ihm einen blies, grub seine Finger in meine Taille, wenn ich auf ihm saß, ich kniff ihm in die Oberschenkel, bis er erregt wimmerte, solche Sachen eben. Wie ein raues Spiel zwischen Welpen. Meist waren wir beide zu betrunken, um zu kommen.

Ich wohnte noch in einer WG. Nicht mehr, weil es gemütlich war, sondern nur so lange, bis ich etwas Eigenes gefunden hätte, mit meinen Mitbewohnerinnen redete ich kaum. Krankenschwestern oder Schwesternschülerinnen, so genau erinnere ich mich nicht. Einmal hörte ich, wie eine von ihnen von ihrer Schicht nach Hause kam, als er mir gerade vier Finger reinsteckte. Sie musste mich auch gehört haben, sprach mich jedoch nie darauf an, über so was redeten wir nicht.

«Gefällt mir, dass du's auch mal härter magst», sagte er und gab mir einen Klaps auf den Po.

Das alles war anders, als ich es gewohnt war. Es gefiel mir, das auszuhalten, eine zu sein, die nichts Festes oder immer nur kuscheln wollte.

Ich dachte darüber nach, meinen Job zu kündigen. Ende September kaufte ich mir neue Klamotten und Stiefeletten mit zu hohen Absätzen fürs Büro. Ich trug sie, als ich mit Karin und einer Freundin von ihr durch St. Hanshaugen zog. Wir kickten gegen Kastanien und wirbelten Laub auf, die Sonne war schön grell, wir konnten bis zum Fjord sehen. Neue Bars und Restaurants schossen wie Pilze aus dem Boden, und wir gingen fast jedes Wochenende aus. Es war wie damals mit Anfang zwanzig, als ich mein Studium begonnen hatte, diese Lust, schneller zu gehen, lauter zu reden. Sie fragten mich nach ihm, und ich sagte, wir würden uns ab und zu treffen, ich würde die Dinge auf mich zukommen lassen, nur kein Stress. «Klingt nach Spaß», sagten sie, und dass es mir gar nicht ähnlich sähe, so entspannt zu bleiben. Normalerweise war ich nicht der Typ für so etwas Zwangloses, ich war eine, die weinte und enttäuscht war, die Dinge romantisierte und der Vergangenheit nachhing.

«Aber irgendwie muss er dich doch gernhaben», meinte Karins Freundin.

Ich sagte, ich überlegte, für eine Weile nach New York zu gehen, nach Weihnachten vielleicht ein halbes

Jahr dort zu leben, mir einen Job zu suchen, Englisch zu lernen, viel zu lesen.

«Einfach machen», sagte Karin. «Das ist nicht verboten, man muss einfach kündigen und abhauen.»

Ich sah breite Bürgersteige vor mir und hochgewachsene grüne Bäume, Wohnungen mit großen Fenstern und knarrendem Fischgrätparkett, Bücherstapel, illegale Bars, in denen man rauchen durfte, lange Gespräche mit sarkastischen jüdischen Jungs mit Locken, Frauen, die Lena Dunham ähnelten.

Im Oktober rief er mich an einem Mittwochabend um halb zehn an. Er hatte noch nie unter der Woche angerufen und fragte, ob ich Lust hätte, draußen zu schlafen, wir könnten den Bus nach Maridalen nehmen und ein Zelt aufschlagen. Er bringe Bier mit, er klang aufgekratzt.

«Willst du nicht lieber zu mir kommen?», fragte ich. «Ich muss morgen arbeiten.»

«Ich packe das Zelt ein, vielleicht überlegst du's dir noch», sagte er.

Ich holte meinen Schlafsack, einen Wollpulli, eine Packung Kekse und dachte, einfach machen, ich wollte eine sein, die abenteuerlustig war und spontan zum Zelten mitfuhr. Dabei blieb es dann aber auch, denn ich war müde und fror, die Temperatur war unter null gefallen, und ich hatte seit mindestens sechs Jahren in keinem Zelt mehr geschlafen.

«Du hast wohl keine Lust», sagte er.

«Schlimm?», fragte ich.

«Nein», antwortete er. «Niemand mag alles.»

Wir lagen kichernd unter der Decke und tranken Bier. Ich kreischte, als er mich auf den Rücken warf und meinen Slip runterzog. Hinterher schauten wir den ersten der alten *Stars Wars*-Filme. Ich fand ihn langweilig und schlief zwischendurch ein.

«Du kannst doch nicht einschlafen, wenn du *Star Wars* zum ersten Mal siehst», sagte er und küsste meinen Hals mit einem lang gezogenen Schmatzlaut.

«Niemand mag alles», sagte ich und äffte seinen Tonfall nach.

«Jetzt spielst du aber echt die Coole», sagte er.

«Er muss dich doch irgendwie gernhaben», sagte Karin.

«So was ist das nicht zwischen uns», sagte ich.

«Trotzdem», sagte sie, und ich lächelte, konnte es mir einfach nicht verkneifen.

Wir schrieben uns manchmal, aber er fragte nie, ob wir uns treffen könnten. An einem Freitag, ich saß in meinem Zimmer, fasste ich mir ein Herz und fragte, ob er vorbeikommen wolle. Nach einer ganzen Weile schrieb er zurück, okay, aber erst später, er wolle vorher noch zu einer Party. Als es klingelte, hatte ich schon mehrere Stunden geschlafen und erwachte warm und schwer und benommen. Ich hatte Lust, ihn draußen stehen zu lassen. Er roch wie ein Absacker auf zwei

Beinen und torkelte in den Flur. «Oh mein Gott», sagte ich und lachte.

Er drang viel zu schnell in mich ein. Ich war müde und wollte schlafen, aber wir versuchten es noch eine Weile.

«Nein, das tut weh», sagte ich schließlich.

«Ach nö», sagte er mit Kinderstimme und hörte nicht auf.

«Doch, ich muss jetzt schlafen.»

Ich musste es wiederholen, lächelte nicht mehr und versuchte, ihn wegzuschieben.

«Mein Gott, dann tut's eben ein bisschen weh», sagte er, als redete er im Schlaf. Er bewegte sich weiter in mir, vor und zurück, drückte meine Hände tiefer in die Matratze. Ich musste den Kopf zur Seite drehen, um Luft zu bekommen. Er war so schwer.

Am nächsten Morgen umarmte ich ihn zum Abschied im Flur. Er lachte mit schmalen Augen und umarmte mich ebenfalls.

«Hab ich einen Kater», sagte er.

«Glaub ich gern.»

Ich wollte nicht loslassen, klammerte mich an ihn, nackt, und hatte keine Ahnung, worum ich ihn gerade bat. Er lachte und tätschelte mir den Rücken.

«Man sieht sich», sagte er.

Ich duschte und zog mich an, wie immer. Dann ging ich mit ein paar Freundinnen Kaffee trinken und anschließend shoppen, ich kaufte einen grünen Pulli, konnte den Gesprächen und dem Gelächter nicht folgen, alles schnürte sich in mir zusammen, und ich fühlte mich leer.

Seitdem haben wir nie wieder miteinander gesprochen. Ein paarmal bin ich aufgewacht und hatte einen entgangenen Anruf von ihm, aber ich rief nicht zurück.

Eine neue Jobmöglichkeit ergab sich, ich bewarb mich und bekam die Stelle. Dann würde ich eben Urlaub in New York machen, vielleicht etwas länger. Ich kaufte meine erste Wohnung, traf einen Mann, mit dem ich nach ein paar Monaten zusammenkam, und verkaufte die Wohnung nach nicht mal einem Jahr.

Es dauerte sechs Jahre, bis ich in der Sache nicht mehr nur die letzte schlechte Beziehung sah, den letzten Typen, mit dem ich mich selbst betrogen hatte. Ich schob den Kinderwagen durch St. Hanshaugen, ich war zum zweiten Mal in Elternzeit. Wir hatten gerade ein Reihenhaus in Oppsal gekauft, im November wollten wir einziehen. Ich war mir nicht sicher, ob ich meinen Mann noch liebte, war aber immer noch überwältigt von dem neuen Leben, das so alltäglich und erhaben zugleich war, mit den Stimmen der Kinder und Umarmungen und Gerüchen und kleinen Pullovern, mit meinem Mann hinter mir im Bett und dem neuen Haus mit klitzekleinem Garten.

Ich stand oben in St. Hanshaugen und blickte über die Stadt, während meine Tochter im Kinderwagen schlief. Der Herbst war feucht und mild, der Regen nieselte mir schräg ins Gesicht. Ich konnte nicht ganz bis zum Fjord sehen. Und da erinnerte ich mich, erinnerte mich so deutlich, dass ich den Kinderwagen losließ und mich auf eine Bank setzen musste. Nicht an das Ende, sondern an den Anfang, mit den Absätzen und blauen Flecken und Reiseplänen.

Gut möglich, dass ich übertreibe. So bin ich eben, ich romantisiere die Dinge, sehe alles durch eine rosarote Brille, beschönige und hänge der Vergangenheit nach. Trotzdem bin ich mir sicher, dass ich in dem Moment alles dafür gegeben hätte, das Haus, die Kinder, meinen Mann und das alles, wenn ich im Gegenzug den Glauben daran wiedergefunden hätte, dass ich meine Haut abstreifen und eine andere werden könnte, dass es so einfach wäre, wie in neue Stiefeletten zu schlüpfen.

CARLA

ER HIESS ANGELO, aber so würden sie ihn nicht nennen. Johan hatte Jens vorgeschlagen. Den Namen hatte er schon immer gemocht, und es wäre doch schön für ein Adoptivkind, nach dem Ministerpräsidenten benannt zu sein, dachte er. Für diesen Gedanken schämte er sich ein bisschen, weshalb er ihn Maria gegenüber nie erwähnte. Doch mit jedem Tag, den sie im Kinderheim verbrachten, fiel es ihnen schwerer, Jens zu sagen. Angelo wirkte verwirrt, wenn sie mit ihm spielten und versuchten, ihn an den neuen Namen zu gewöhnen. Es musste sich absurd anfühlen, dachte Johan, zwei große, weiße Menschen, die ihn anstarrten, angestrengt lächelten und Jens sagten. Jens? Nach einer Woche, als sie sich im Hotel die Zähne putzten, schlug Maria vor, sie könnten es mit Jens Angelo probieren, aber sie schien selbst nicht überzeugt.

«Jens Angelo klingt doch bescheuert», sagte Johan.

«Ja, wahrscheinlich schon», stimmte Maria zu, und sie lachten.

Johan cremte sich die Nase ein, seine Haut tat weh. Er hatte sich einen Sonnenbrand geholt, als er im Garten mit den älteren Kindern gespielt hatte, die sich jedes Mal auf ihn stürzten, wenn er morgens ins Kinderheim kam. Sie waren hungrig nach Kontakt zu Erwachsenen, Männer sahen sie vermutlich fast nie. Noch dazu hatten Maria und er drei Taschen voll Spielsachen von der norwegischen Adoptionsvermittlung mitgebracht. Kuschelweiche Delfine, Teddys und Kaninchen, europäisch aussehende Babypuppen, ein Leiterspiel, ein nagelneuer Fußball. Sicher, er hätte jede Minute mit Angelo verbringen sollen, aber die Kinder waren so aufgeregt, dass er nicht Nein sagen konnte. Er spielte Fußball, balgte mit ihnen herum, ließ sie auf seinem Rücken reiten, bis er in der Hitze fast ohnmächtig wurde, und wirbelte sie durch die Luft, dass sie laut juchzten.

«Wenn wir Besuch hatten, sind die Älteren hinterher immer traurig», erklärte die Heimleiterin am ersten Tag. «Sie wissen genau, dass sie zu groß sind, dass sie hierbleiben werden, und trotzdem müssen wir sie jedes Mal trösten.»

Maria sah Johans Reaktion und strich ihm über den Arm, sie verspürte immer so eine zärtliche Regung, wenn er weich wurde. Am meisten hatten sie mit der Heimleiterin zu tun, die passabel Englisch sprach. Sie hatten sich lange auf die Reise vorbereitet, ein Jahr lang einen Spanischkurs besucht, einander Vokabeln abgehört, aber jetzt, da sie hier waren, konnten sie gerade mal etwas zu essen bestellen und *no llore* sagen, wenn Angelo weinte.

Sie waren auf einem guten Weg. Angelo lächelte und marschierte auf seinen knubbeligen Beinen auf sie zu, wenn sie morgens ins Heim kamen, und einmal, als sich die Kinder zum Abendessen versammelten, kletterte er auf Marias Schoß. Johan fütterte ihn, Angelo machte brav den Mund auf, kleckerte nicht, und dann schlief er ein, den Kopf an Marias Brust gelegt. Später musste sie weinen, und eine der Pflegerinnen tätschelte ihr routiniert und freundlich die Wange.

«*Mama de Angelo*», sagte sie, und Maria lächelte und weinte noch mehr, mit einem Leuchten im Gesicht.

Johan weinte nicht. Er ging zur Toilette, hatte Bauchzwicken. Schon in wenigen Tagen würden sie abreisen, und eigentlich sollte er froh sein, doch wenn er Angelo ansah, wurde er nervös. Angelo war süß, er war lieb. Er baute eine Bindung zu ihnen auf. Das war es nicht. Johan wusste nicht, was es war.

Während sie mit Angelo auf dem Fußboden saßen und mit Bauklotzen spielten, wurden sie von einem Mädchen umkreist, das immer näher kam. Es hieß Carla und war sechs. Die Heimleiterin hatte erzählt, Carla sei direkt nach ihrer Geburt ins Heim gekommen. Alle Kinder waren dünner, als sie sein sollten, nur Carla war beinahe normalgewichtig. Im Speisesaal klaute sie den anderen Essen vom Teller, und wenn sie ausgeschimpft wurde, beugte sie den Nacken, kaute aber weiter. Eine Pflegerin nannte sie *gordita*, «Dickerchen». Carla stampfte um Johan, Maria und Angelo herum, machte Verrenkungen und liebreizende Grimassen. Dann legte sie sich auf den Bauch und robbte auf die drei zu.

«Du bist mir ja eine», sagte Johan lächelnd, und Carla grinste zurück, obwohl sie ihn nicht verstand.

«Was für ein schreckliches Kind», sagte Maria leise, «so aufgesetzt.»

«Ich finde sie lustig», sagte Johan. «Sie sucht Kontakt zu uns.»

«Sollen wir fragen, ob jemand sie wegbringen kann?», fragte Maria.

«Mein Gott, nein», sagte Johan. «Ich gehe mit ihr in den Garten.»

«Du solltest ihr nicht so viel Aufmerksamkeit schenken», sagte Maria.

Draußen kickte er Carla den alten Fußball zu, mit genug Abstand zu den älteren Jungs, die mit dem neuen Ball spielten. Carla passte zurück, ein überraschend kräftiger Spannschuss. Während sie dem Ball hinterherlief, vergaß sie ihre üblichen Faxen, und Johan klatschte Beifall und jubelte, wenn sie den Ball erwischte. Als sie sich auf die Nase legte, fing sie an zu weinen. «Komm, hoch mit dir», wollte Johan sagen, doch sein Spanisch reichte nicht aus. Also hob er sie auf den Schoß, und als sie auf ihr Knie zeigte, pustete er. Sie schmiegte sich an ihn und weinte unnötig lange, nach einer Weile klang es nicht mehr echt. Johan setzte sie wieder ab, strich ihr über die Wange und wollte zurück zu Maria und Angelo, aber Carla zerrte an seiner Hand und zog ihn mit zum Puppenhaus.

«Wo warst du denn den ganzen Tag?», fragte Maria, als sie am Abend im Hotelrestaurant aßen. «Du bist einfach mit dieser Carla verschwunden.»

«Sie hat keine Ruhe gegeben», sagte Johan.

Es fühlte sich an, als hätte er etwas Verrücktes gemacht. Er fuhr mit den Fingern über sein Bierglas.

«Das Ganze ist die reinste Lotterie», sagte er schließlich. «Es hätte genauso gut Carla werden können, meine ich.»

«Hätte es nicht», entgegnete Maria. «Wir haben doch gesagt, wir wollen kein Kind, das älter ist als drei.»

Sie schob ihre Pommes frites auf Johans Teller. Sämtliche Gerichte wurden hier mit Pommes frites serviert, und sie behauptete, ihr werde schlecht davon.

«Du weißt schon, was ich meine», sagte Johan. «Wir nehmen ihn mit, während die anderen Kinder hierbleiben. Dabei hätte auch eins von ihnen in Norwegen landen können.»

«Aber ich spüre, dass er es sein sollte», sagte Maria.

Ihr Blick hing an ihm, etwas Wütendes und zugleich Flehendes darin, er sah weg.

Er lag wach in der Dunkelheit und schwitzte, das Laken hatte er abgestreift. In seinem Kopf hallten die

Stimmen und Rufe der Kinder wider. Sein Körper pulsierte wie nach einer anstrengenden Trainingseinheit. Aus der dreckigen, warmen Nacht vor dem Fenster drangen Musik und Verkehrsgeräusche herauf, es roch nach Ausland. Schließlich stand er auf, pinkelte und trank ein Glas Wasser. Obwohl er im Bad das Licht anknipste, wachte Maria nicht auf.

Als er die Lobby betrat, nickte der Rezeptionist ihm zu. Johan kannte ihn nicht, er war jünger als der Typ, der sonst dort stand.

«Können Sie mir eine Bar empfehlen?», fragte Johan auf Englisch.

«Was für eine Bar?», erwiderte der Rezeptionist.

«Eine ganz normale», antwortete Johan.

«Suchen Sie Frauen?», fragte der Rezeptionist. «*Ladies?*»

«Nein, nein», wehrte Johan erschrocken ab, doch dann ging ihm auf, dass der Typ ihn jetzt womöglich für schwul hielt.

«Ich bin verheiratet», sagte er. «Ich will nur irgendwo ein Bier trinken, ich kann nicht schlafen, ich bin mit meiner Frau hier.»

Der Rezeptionist lächelte höflich, wahrscheinlich ging es ihm sonst wo vorbei. Rasch kringelte er mit dem Kugelschreiber ein paar Adressen auf der Karte ein.

Er landete in einer Bar ein Stück die Straße hinunter, sie waren schon öfter daran vorbeigekommen und hatten gesagt, die Bar sehe nett aus. Die Fensterfront war zur Straße hin geöffnet, viele Leute saßen draußen, es war noch nicht spät, nicht für dieses Land. Er bestellte ein Bier und versuchte, sich Angelo vorzustellen. Das ist mein Sohn, dachte er. Ich werde ihm seinen Schneeanzug und seine Mütze anziehen, er wird in unserem Bett liegen, mit uns am Tisch sitzen. Er scrollte durch die Bilder auf seinem iPhone. Angelo, wie er schlief und auf Marias Schoß saß, wie sie zusammen spielten und in einem Buch blätterten, ein Schnappschuss, auf dem Angelo in die Kamera lächelte, das Bild hatten sie den Großeltern und ein paar Freunden in Norwegen geschickt. Maria hatte es auch bei Facebook posten wollen, aber sie einigten sich darauf zu warten, bis sie wieder zu Hause waren. Johan selbst war nur auf einem Bild zu sehen, er stand da und grinste verlegen, wie ein Dorftrottel auf einer Promiparty.

Er betrachtete die Bilder von Angelo und kannte den Jungen nicht. Er versuchte, es heraufzubeschwören, das Gefühl, von dem Maria erfüllt war, aber er war leer, da war nichts. Angelo war einfach ein Kind. Es hätte genauso gut eins der anderen Kinder werden können. Er hätte Carla in die Stiefel geholfen und sie in den Kindergarten gebracht (oder nein, sie war zu groß, bestimmt war sie gerade in die Schule gekommen), er sah vor sich, wie sie das erste Mal in die Wohnung kamen und von Zimmer zu Zimmer gingen. Sie wäre herumgestampft und hätte laut gerufen, so, wie sie hier im Kinderheim durch die Flure polterte.

Sie waren das einzige kinderlose Paar gewesen. Anfangs hatte es ihnen nichts ausgemacht, sie konnten sich gemeinsam betrinken, an den Wochenenden lange frühstücken und Konzerte besuchen, anders als alle anderen. Trotzdem war klar, dass Maria ein Kind wollte, dass sie ein Kind kriegen würden. Doch es passierte nichts. In der ersten Zeit lachten sie darüber, wie unsexy es war, nach der Uhr zu vögeln, sie nannten es den «Kinderlosenbonus». Ihm gefiel, dass sie darüber Scherze machten. Sie vögelten morgens im Stehen an der Spüle und einmal in einem Hinterhof auf dem Weg zum 54er-Bus. Er konnte nicht sagen, wann die Stimmung gekippt war. Wenn sie ihre Hände in seine Hose wandern ließ, musste er sich beherrschen, sie nicht wegzustoßen. Er fickte sie härter, um schneller fertig zu werden, obwohl er wusste, dass sie das nicht mochte, und wenn sie aufgesetzt stöhnte, war er beschämt und irritiert, dass sie ihn für so dumm hielt. Einmal bekam er zu viel, als sie ihn hart machen wollte, hielt er ihren Hinterkopf fest und stieß ihr den Schwanz so tief in den Hals, dass sie brechen musste. Sie sprachen nicht darüber. Er wollte nicht daran denken, er schämte sich, und er schämte sich noch mehr, als sie beim Arzt saßen und erfuhren, dass es an ihm lag. Es war, als hätte er es bereits gewusst. Dass er nicht gut genug war für sie, dass er einen Defekt hatte, dass es nur eine Frage der Zeit gewesen war, bis sie es begreifen würde.

«Sollen wir Schluss machen?», fragte er draußen auf der Straße.

Sie weinte.

«Nein», sagte Maria. «Du spinnst doch.»

Sie lächelte verletzt, sodass er sie einfach in den Arm nehmen musste. Am Abend bestellten sie etwas vom Inder und sahen sechs Folgen von *The Wire*. Sie waren beide froh, nicht miteinander schlafen zu müssen.

«Ich finde, wir sollten ein Kind adoptieren», sagte sie, als sie eng aneinandergeschmiegt im Bett lagen, er legte von hinten den Arm um sie.

«Vielleicht», sagte er.

An dem Tag hätten wir uns trennen können, dachte er und warf einen Blick auf die überschaubare Getränkekarte. Dann könnte er mit einer ganz anderen Frau hier sein. Er trank drei starke Mojitos und war angetrunken.

«Kennen Sie eine Bar mit Frauen?», fragte er den Kellner beim Bezahlen.

Er bemühte sich, natürlich zu klingen. Der Kellner grinste, und Johan war sich nicht sicher, ob verächtlich oder einfach von Mann zu Mann, und sank ein bisschen auf seinem Stuhl zusammen. Der Kellner deutete auf einen Punkt auf der Karte, am besten nehme er ein Taxi.

Der Club lag mitten auf der großen Touristenstraße. Der Türsteher knöpfte ihm einen gesalzenen Eintritt ab, wahrscheinlich hatte er schon von Weitem den naiven Skandinavier gerochen. Drinnen war viel los, Gruppen von jüngeren und älteren Männern, halbrunde Sofas, eine halb volle Tanzfläche. Es roch nach Schweiß und Alkohol. An einem Tisch saßen ein paar Frauen, je ein Glas vor sich. Sie waren jung, hatten Babyspeck im Gesicht und an den Armen. Er kaufte sich ein Bier und ließ sich an einem freien Tisch nieder. Carla würde bis zu ihrem dreizehnten Geburtstag im Kinderheim bleiben. Was danach kam, war schwer zu sagen. Einige der Frauen sahen ihn lange an, und er starrte in sein Glas. Wenn ich einer wäre, der auf so was steht, dachte er. Ein vollkommen anderer.

Ein Mädchen kam an seinen Tisch und setzte sich, ohne vorher zu fragen. Sie war klein und niedlich, mit langen künstlichen Fingernägeln und Plateausandaletten aus Plastik.

«Gibst du mir einen Drink aus?», fragte sie auf Englisch.

Er schnaubte und grinste.

«Wie alt bist du?», fragte er.

«Achtzehn», antwortete sie ein bisschen zu schnell.

Er wusste nicht, ob sie sich älter oder jünger flunkerte, er hoffte auf Letzteres. Er bestellte ihr einen Mojito. Während sie trank, saugte sie übertrieben die Wangen ein und schüttelte dabei den Kopf. Er erwiderte ihr Lächeln. Sein Puls beschleunigte, fast hätte er laut losgelacht.

«Wie heißt du?», fragte sie.

«Johan», antwortete er.

«Hello, Juan», sagte sie lächelnd.

Im Hinterhof lehnte er sich mit dem Rücken an die Wand, während sie vor ihm kniete und seine Hose aufknöpfte. Es war dunkel, roch nach Frittierfett und alter Pisse, er hatte das Gefühl, jeden Moment könnten ihm Ratten über die Füße springen. Sie ging unbeholfen zur Sache, und er zuckte ein paarmal zusammen, als er ihre Zähne spürte. Kurz bevor er kam, zog sie den Kopf zurück und machte es ihm mit der Hand zu Ende. Dann fischte sie eine Serviette aus der Tasche und wischte sich die Finger ab. Er reichte ihr drei Scheine, und sie sagte «Danke» und «*have a good night*», wie eine Stewardess.

«Mach's gut», sagte er.

Seine Knie zitterten, wie vor Kälte. Sie ging zurück in den Club, stakste plump auf ihren hohen Hacken, zupfte ihre Bluse zurecht, als sie den Türsteher passierte, und dann war sie drinnen, und er sah sie nicht mehr.

Als er die Hotelzimmertür öffnete, brannte Licht. Maria war wach und saß aufrecht im Bett. Er sah, dass sie geweint hatte.

«Was ist los?», fragte er und bekam Angst, wahrhaftige Angst.

«Keine Ahnung», sagte sie. Ihr Mund war groß, ihre Lippen bebten. «Ich habe Bauchschmerzen und so grässliche Gedanken im Kopf.»

Er zog die Schuhe aus und setzte sich neben sie aufs Bett. Er war todmüde.

«Willst du mich verlassen?», fragte sie.

Ihre Nase war verstopft. Er legte seinen Kopf auf ihre Schulter.

«Was machen wir mit Angelo?», fragte sie.

Zwei Tage später standen sie im großen Schlafsaal im Kinderheim und packten Angelos Klamotten ein, zusammen mit dem ausgewaschenen Teddy, den er überallhin mitschleppte. Alles passte in eine Tragetasche. Die Heimleiterin umarmte sie der Reihe nach und lud sie ein, sie mal zu besuchen. Maria sagte, das täten sie bestimmt, wenn Angelo älter wäre. Johan konnte sehen, dass sie versucht hatte, ihre Augenringe mit Makeup zu kaschieren. Er hatte ihr angeboten, sich für die verbleibenden Nächte ein eigenes Zimmer zu nehmen, aber sie hatte Angst, die Leute von der Adoptionsvermittlung könnten etwas mitbekommen.

Angelo saß auf Marias Arm, knatschig und benommen nach dem Mittagsschlaf, während sie eine letzte Runde drehten, um sich vom Personal und den anderen Kindern zu verabschieden. Schwer zu sagen, ob er verstand, was los war. Die größeren Kinder winkten ihm zu, manche mit ernster Miene und großen Augen, andere abwesend und ins Spiel vertieft, «mach's gut, Angelo», sagten sie, «mach's gut». Angelo winkte zurück und drehte die Hand so, dass es aussah, als wollte er die anderen Kinder zu sich locken. Johan spürte einen Druck auf der Brust, er musste sich darauf konzentrieren, genug Luft zu bekommen. Wir nehmen ihn mit, dachte er. Jetzt nehmen wir ihn mit.

«Wo ist Carla?», fragte er eine Pflegerin, als Maria mit Angelo verschwunden war, um ihn zu wickeln.

Sie zuckte die Schultern, bestimmt schwirre Carla irgendwo herum, wie immer.

Er ging von Raum zu Raum, suchte sie, überall waren Kinder, Kinder, die Puppen anzogen, Kinder, die andere Kinder schubsten, Kinder, die weinten, Kinder, die nicht seine waren. Sie war nicht in der Küche und auch sonst nirgendwo zu sehen. Er ging in den Speisesaal, der leer war, die Fenster zum Garten standen offen. Der Fußboden war mit Saftpfützen und Essensresten übersät, offensichtlich war nach dem Mittagessen noch nicht sauber gemacht worden. Dann hörte er ihre Stimme. Er ging in die Hocke. Sie lag bäuchlings unter einem Tisch, redete leise und wütend auf ihre Puppe ein und trat mit den Füßen gegen den dreckigen Boden, immer abwechselnd, rechts, links, rechts, links.

«Hallo», sagte er.

Sie drehte den Kopf weg.

«Carla», sagte er. «Du.»

Sie wollte ihn nicht ansehen. Nach einer Weile stellte er die Tasche mit Angelos Sachen ab und setzte sich auf den Boden. Er hörte die schreienden und lachenden Kinder im Garten, das Klirren von Geschirr und Gläsern aus der Küche, einen rauschenden Wasserhahn, die Autos auf der Straße. Von irgendwo rief Maria nach ihm, aber es kam ihm so vor, als wäre es nicht sein Name, Johan, Juan. Er legte sich neben Carla unter den Tisch, umgeben von Krümeln und Staubmäusen. Er strich ihr über den kleinen schmalen Rücken, immer und immer wieder. Würde Maria nur aufhören, ihn zu rufen. Würden sie ihn nur nie finden.

DU SOLLTEST DICH SCHÄMEN

«WARST DU SEIT letztem Mal gar nicht mehr draußen?», fragt mein Bruder am Telefon.

«Na ja ...», sage ich.

Er schweigt, bis ich fragen muss, ob er noch da ist.

«Aber heute Abend kommst du», sagt er.

«Ach, wirklich?», frage ich.

«Ja, wirklich. Zieh dir ein schickes Kleid an. Solveig mariniert gerade das Fleisch, wir haben viel zu viel Essen.»

«Die schicken Kleider passen mir nicht mehr», sage ich.

Mein Bruder atmet lange durch die Nase aus.

«Viele von uns haben schon mal eine Bauchlandung hingelegt», sagt er.

«Bauchlandung!», sage ich.

«Vielleicht keine so heftige wie du. Aber die anderen werden nicht fies zu dir sein, das meinte ich. Sie wissen, wer du warst. Wer du bist.»

Ich gehe trotzdem ins Alkoholgeschäft. Draußen ist es warm, im Zentrum sind viele Leute unterwegs. Ich kaufe billigen Weißwein, was mir widerstrebt, aber es geht nicht anders. Ich werde eine sein, die Grillfleisch isst und billigen Weißwein trinkt, ich muss mich damit abfinden, irgendwann ist immer das erste Mal. Meine Sonnenbrille nehme ich zu keinem Zeitpunkt ab. Seit ich wieder draußen bin, trage ich sicherheitshalber immer eine Sonnenbrille und Basecap, aber wahrscheinlich erkennt mich sowieso niemand mehr. Bisher ist es nur einmal vorgekommen, ein alter Mann in der Straßenbahn. Ich spürte seinen Blick auf mir und wollte mich wegducken, mich tot stellen. Bevor er ausstieg, legte er mir die Hand auf die Schulter und sagte: *Verzeihung, ich wollte nur sagen, dass Sie sich schämen sollten. Sie sollten sich wirklich schämen.* Ein ganz gewöhnlicher Mann. Anschließend führte ich innerlich lange Dialoge mit ihm, in denen ich ihm erklärte, dass ich mich sowieso schon schämte, und ihm versprach, ich würde versuchen, mich zu bessern.

Als alles ans Licht kam, war es anders. Mir war nicht klar, dass so viele Leute Zeitung lasen und Nachrichten sahen. Ich ging nicht mehr ins Restaurant und fuhr auch nicht mehr mit dem Bus, weil ich meinen Namen überall durch die Luft schwirren hörte wie eine hektische Fliege. Manchmal riefen Leute mir nach, als könnte jeder einfach so meinen Namen nehmen und ihn mir hinterherschleudern. Als ich eines Freitags auf dem Sofa lag, redeten sie in einer Comedyshow über mich, und der Moderator sagte, ich könnte mich bestimmt sogar aus dem Gefängnis hinausschwindeln, die Wärter bestechen oder so ähnlich, und die Zuschauer lachten, sie lachten laut und klatschten. Am nächsten Tag blieb ich bis zum Nachmittag in der Wohnung, und als ich zum Briefkasten ging, hatte jemand einen *Dagbladet*-Artikel ans Schwarze Brett im Hausflur gehängt. In meinen Ohren schrillte ein panischer Alarm bei dem Gedanken, dass alle ihn gesehen haben mussten, alle.

Bevor ich aufbreche, probiere ich meine alten Kleider an. Zwei der teuersten habe ich behalten. Sie spannen gnadenlos über dem Bauch, und ich schwitze in der Hitze und ziehe mich wieder und wieder um und breche fast in Tränen aus. Der Speck hängt von meinen Armen herunter, bildet weiße Wülste am Rücken und quillt über den Rand des BHs. Ich begreife nicht, dass ich das bin, so war ich doch nie. Am Ende komme ich zu spät. Früher hätte ich ein Taxi genommen, jetzt muss ich erst den Bus nehmen und dann die U-Bahn und das letzte Stück zu Fuß gehen, bis zu dem Haus mit großem Garten, wo die Kinder meines Bruders zusammen mit ein paar anderen Kindern barfuß und kreischend durch die Gegend sausen. Die Erwachsenen sitzen an einem Gartentisch, ein Sommeridyll wie bei den Skagen-Malern. Sie sind auf mich vorbereitet. Inzwischen merke ich das, die Leute verhalten sich so angestrengt alltäglich und versuchen, mich nicht zu unverhohlen anzustarren. Johanne und Martin, Kristian und Mette Marie, Johan und Maria, Siri und Marcus und ein Typ, den ich noch nie gesehen habe, und sie haben schon gegessen. Die Teller auf dem Tisch sind fettig von Koteletts und Balsamico.

«Schick siehst du aus», sagt mein Bruder und stößt mich mit dem Ellbogen in die Seite.

«Haha», sage ich.

Ich fühle mich so sichtbar, als wäre ich knallbunt. Solveig reagiert nett und schnell, sie drückt mir ein Glas Rosé in die Hand, platziert mich auf einem Stuhl und schaufelt Lammkoteletts, Zaziki und Kartoffelspalten auf einen Teller.

«Wie geht's dir momentan so?», fragt Mette Marie, die neben mir sitzt.

«Bestens», antworte ich. «Hast du diesen Sommer was Schönes gemacht?»

Es sprudelt nur so aus ihr heraus. Kristian und sie sind in Molde gewesen (Kristian prostet mir von der anderen Seite des Tisches aus zu) und haben die Onkel und Großeltern besucht, und die Fahrt durch das Gebirge ist gar nicht so ohne gewesen mit zwei kleinen Kindern, das eine ist reisekrank geworden, und zwar nicht nur ein bisschen, wenn ich wisse, was sie meine, es sei sehr fraglich, ob sie sich das nächstes Jahr noch mal *antun* würden, und dann sind sie noch zehn Tage auf Kreta gewesen, in einem kleinen Örtchen, das nicht von Chartermaschinen angeflogen wird, natürlich gibt es da auch Tourismus, aber nicht sehr aufdringlich, sodass man nicht das Gefühl hatte, die Leute seien dort völlig vom Tourismus abhängig, wenn ich wisse, was sie meine, und ich nicke.

Dann hat sie sich leer geredet und wartet darauf, dass ich rede, und ich suche nach etwas, lächle dann aber bloß dumm. Ich habe nichts mehr zu erzählen. Ich habe mich im Hinterhof gebräunt, wenn die Sonne schien, und abends einen Spaziergang durchs Viertel gemacht, selbst dann mit Sonnenbrille und Basecap, und Netflix-Serien habe ich geguckt und romantische Komödien, nur Schrott. Irgendwann steht Mette Marie auf und sagt, sie müsse zur Toilette. Ich lutsche an einer Kartoffelspalte und tue so, als hätte ich eine Nachricht bekommen, auf mein altes Nokia, nicht mal mehr ein Smartphone besitze ich jetzt, und dann stecke ich mir eine Zigarette an, ich bin die Einzige, die raucht.

Der Mann neben mir stellt sich vor, er heißt Bjørnar. Er erzählt mir, woher er meinen Bruder und Solveig kennt, irgendwas Berufliches.

«Ich bin seine Schwester», sage ich.

Ich bin mir nicht sicher, ob er alles weiß oder nicht. Meine kleine Nichte flitzt barfuß auf dem Rasen an uns vorbei. Ich lächle sie an, aber sie erkennt mich nicht mehr, wie sollte sie auch.

«Hast du Kinder?», fragt Bjørnar.

Ich schüttle den Kopf. Er hat zwei. Sie sind mit ihrer Mutter im Vestlandet und kommen morgen nach Hause.

«Ehrlich gesagt ist es manchmal ganz schön, sie los zu sein», sagt er und fügt lachend hinzu: «Manchmal hätte man schon Lust, morgens aus dem Haus zu gehen und nie wieder zurückzukommen.»

«Wo würdest du hinfahren?»

«Nach Timbuktu.»

«Wie Donald Duck.»

«Wie Donald Duck», sagt er und lacht.

«Wie kurz davor warst du?»

«Was meinst du mit kurz davor?»

«Na, nie wieder zurückzukommen.»

Er schwenkt den Wein im Glas.

«Ach, es ist eher so, dass man ab und zu daran denkt.»

Ich würde am liebsten sagen, dass ich eigentlich hübsch und kommunikativ bin. Ich bin keine, die dick ist und dümmlich lächelt und kein normales Gespräch führen kann.

Mein Bruder geht neben meinem Stuhl in die Hocke.

«Na, wie ist es?», fragt er so leise, dass Bjørnar es nicht hören kann.

«Weiß nicht so genau», antworte ich.

«Das wird schon», sagt er und tätschelt meinen Arm, und ich umklammere seine Hand, und plötzlich stechen mir die Tränen in der Nase. Ich habe nur noch ihn, niemand sonst ruft mich an oder schreibt mir, aber er tut es, und ich darf hier sein, ich muss dankbar dafür sein, ich muss.

Nachdem die Sonne untergegangen ist, bringt Solveig mir eine Decke. Ich wickle mich hinein und trinke Weißwein. Irgendjemand redet vom Klimawandel. Bjørnar ist angetrunken und spricht in unglaublich langen Sätzen. Anfangs hatte ich noch versucht, die Nachrichten zu verfolgen, wollte nicht den Anschluss verlieren. Ich saß im Gemeinschaftsraum auf einem rissigen alten Ledersofa und schaltete um sieben Uhr abends die dicke alte Kiste ein, aber alles erschien mir immer ferner, Kriege und Ministerpräsidenten und Blogger und Kommentatoren. Und so wurde ich nach und nach wie die anderen, rauchte eine Schachtel Kippen am Tag und ging in die Breite und vergaß, wie man auf Feiern mit normalen Menschen redet.

Solveig und mein Bruder und all ihre Freunde am Tisch lachen über Insiderwitze aus einem gemeinsamen Urlaub vor vielen Jahren. Sie fangen auch die Kinder der anderen ein, wenn sie vorbeisausen, und wirbeln sie hoch und kitzeln sie durch. Als wäre das selbstverständlich, etwas, was man einfach so macht. Ich muss versuchen, gewöhnlich zu werden, mich anzupassen, aber es wird mir nicht gelingen. Die Einsicht sickert in mich hinein und breitet sich langsam in meinem Körper aus: Für mich ist alles gelaufen.

Am Ende stehen Marianne und Marten auf und sagen, sie müssten sich allmählich aufmachen. Das löst eine Kettenreaktion aus, anscheinend müssen sich alle allmählich aufmachen. Morgen wollen Großeltern besucht und Ferienhäuser gestrichen und Gefriertruhen abgetaut werden und Gott weiß was noch alles. Kinder werden eingesammelt und quengeln müde oder schlafen in den Armen ihrer Väter, die Frauen umarmen Solveig, einige sind rot im Gesicht und gucken tumb und schwanken ein bisschen. Kurz darauf kommen die Taxis und verschwinden wieder, und dann ist es still und leer und dunkel im Garten. Solveig und mein Bruder tragen Teller und Besteck ins Haus, während Bjørnar und ich noch ein Glas trinken, er meint, das könnten wir uns gönnen, jetzt, wo die Ferien bald um sind.

«Wo würdest du denn hinfahren, wenn du weit weg reisen könntest?», fragt er.

«Vielleicht nach China», antworte ich.

«Was hindert dich daran», sagt er, «man muss nur ein bisschen sparen.»

Ab Montag werde ich in einem Callcenter sitzen, ein Scheißjob, den eigentlich nur Studenten machen. Ich kann mir nie wieder eine Wohnung kaufen, nicht mal eine teure Hose. Und was soll ich in China? Ich stehe auf und sage, ich müsste mal zur Toilette.

Auf dem Rückweg höre ich Solveig und meinen Bruder in der Küche.

«Sie sagt ja kaum was», sagt Solveig und klappert mit den Tellern. «Geht es ihr gut?»

«Sie steht sich aber auch wirklich selbst im Weg», erwidert mein Bruder.

«Mir tut sie ein bisschen leid.»

«Ich verliere langsam die Geduld mit ihr.»

«Darf ich dich etwas fragen?», fragt Bjørnar.

Er schnorrt eine Zigarette von mir. Ich wickle die Decke fester um mich, ich weiß nicht, ob es die nächtliche Kälte oder der Alkohol ist oder etwas anderes, das mich frösteln lässt.

«Wie war es da drinnen?», fragt er.

Es gibt niemanden, der es nicht weiß, das sollte ich allmählich begreifen. Er guckt neugierig, irgendwie aufgegeilt, ich weiß nicht, ob mir das gefällt.

«Tja», sage ich. «Es war langweilig. Nichts zu tun.»

Er nickt eifrig, raucht und hustet, ohne den Blick von mir zu lassen.

«Und sonst?», fragt er.

«Wie, sonst?», frage ich zurück. «Mehr gibt es nicht zu erzählen. Nichts sonst.»

«Entschuldige», sagt er. «Ich sollte so was nicht fragen. Aber man wird ja schon neugierig.»

«Neugierig worauf?», frage ich. «Was ich vorher gemacht habe, oder wie es drinnen war?»

«Eigentlich beides.» Er lächelt. «Ich meine, ich habe ja so ein völlig normales Leben, also wirklich *total* normal», sagt er und reißt die Augen auf und breitet die Arme aus, um zu zeigen, wie normal.

«Und dann denkt man eben manchmal *was wäre, wenn?*, sozusagen. Dass alles ganz anders hätte sein können.»

Ich rutsche auf dem Stuhl vor und küsse ihn. Er hat Mundgeruch, aber wir küssen uns, ich küsse einen Mann.

«Ich weiß nicht, ob das eine gute Idee ist», sagt er lachend.

«Du darfst nicht über mich lachen», sage ich.

Er kann sich das Grinsen nicht verkneifen. Ich küsse ihn erneut. Er zieht mich auf seinen Schoß hinüber, und wir knutschen, es ist so gut, er küsst meinen Hals und streicht über meine Brüste. Er ist so nah. Ich stöhne lautlos.

«Kann ich nicht mit zu dir?», frage ich.

«Ja ... okay», sagt er an meinem Hals.

Jemand räuspert sich. Wir weichen auseinander, und Bjørnar sieht beschämt aus und wischt sich den Mund ab.

«Jetzt wird nichts mehr ausgeschenkt», sagt mein Bruder und nimmt unsere Gläser.

Im Taxi reden wir nicht. Draußen ist es ziemlich dunkel, bald kommt der Herbst. Der Fahrer spricht leise in sein Telefon, in einer Sprache, die ich nicht verstehe. Bjørnar muss nach Sinsen. Ich habe Sodbrennen vom Weißwein.

«Du», sagt er und knetet seine Hände. «Ich hab das nicht ernst gemeint. Also, du hast es ja bestimmt nicht leicht gerade, und ich habe eine Familie und so weiter.»

«Das kümmert mich nicht.»

«Aber mich.»

«Ich werde es niemandem erzählen», versichere ich.

«Wirklich?», fragt er hoffnungsfroh. «Aber ich fühle mich wie ein ziemliches Arschloch.»

Wie dumm er ist. Ich blicke aus dem Fenster, wir fahren gerade über den Carl Berner.

«Kannst du mir ein bisschen Geld leihen?», frage ich.

«Geld? Wie viel denn?»

«Zehntausend.»

Er sieht mich mit offenem Mund an. Ich würde gern lachen.

«Wofür brauchst du es denn?»

«Fünftausend», sage ich. «Dann verspreche ich, dass ich es niemandem erzählen werde.»

«Meinst du das ernst?», fragt er.

«Ja», antworte ich.

«Heilige Scheiße», sagt er und schüttelt den Kopf.

«Du wolltest es doch so», sage ich.

«Bist du eigentlich völlig bescheuert?», fragt er.

Das Taxi hält an. Er gibt dem Fahrer zweihundert. Als er aussteigt, dreht er sich um.

«Du solltest dich verdammt noch mal schämen», sagt er und schlägt die Tür hinter sich zu.

Ich sehe ihm nach, wie er mit wütenden Schritten zur Haustür stapft und aufschließt. Ich merke, dass ich betrunken bin.

«Du solltest dich verdammt noch mal schämen», äffe ich ihn nach.

Der Fahrer dreht sich um und sieht mich an.

«Jetzt fahren Sie schon», sage ich.

Ich schäme mich nicht, denke ich, als das Auto wieder in den Trondheimsveien einbiegt. Tu ich nicht.

ZU HAUSE

AM ERSTEN SOMMERFERIENSAMSTAG trafen wir uns nachts auf dem Spielplatz. Malene wollte bei mir schlafen. Meine Mutter war schon lange im Bett, aber Malene und ich blieben wach und schauten YouTube-Videos. Jonas und Kristoffer schickten uns Nachrichten im Chat, sie zockten PlayStation in Kristoffers Kellerzimmer. Um eins fragten sie, ob wir uns treffen und was unternehmen wollten. Wir zogen uns an, schlichen lautlos die Treppe hinunter und zwängten uns im Flur an den Umzugskisten mit den Sachen meines Vaters vorbei. Darin lagen Lampen, Klamotten, Bücher und die Sonos-Boxen, die er von meiner Mutter und mir zu Weihnachten bekommen hatte, er hatte nie verstanden, wie man sie einrichtete.

«Wie sehe ich aus?», fragte ich, als wir am Spielplatz ankamen.

«Ganz okay», sagte Malene, sie hatte nur Augen für Kristoffer.

Die Jungs hockten auf den Schaukeln. Als sie uns bemerkten, holten sie Schwung und flogen bis zum höchsten Punkt.

«Ihr seid ja wild», sagte Malene grinsend.

Wir setzten uns auf die Sandkastenumrandung. Es war kalt, in den Lichtkegeln der Laternen hing feuchter Dunst.

«Müsst ihr jetzt umziehen?», fragte Kristoffer.

Er trug Shorts und Chucks und sah aus, als würde er frieren. Er hatte Haare an den Beinen.

«Ich weiß nicht», antwortete ich.

«Allein kann sich deine Mutter das Haus doch bestimmt nicht mehr leisten», sagte Jonas.

«Sie machen nur eine Pause», sagte ich.

«Glaubst du das?», fragte Jonas.

Ich senkte den Blick. Kristoffer stocherte mit einem Stöckchen im Sand herum. Er musste nicht viel sagen. In der Mittelstufe war er für Malene und mich zu cool gewesen, doch jetzt hing er regelmäßig mit Jonas ab und kam mit, wenn wir uns trafen. Ich wollte nicht vor ihm weinen. Bei Jonas machte mir das nichts aus, er war klein und dünn, und wir kannten ihn schon ewig.

«Meine wollten auch nur eine Pause einlegen», sagte Jonas.

«Whatever», sagte Malene und blickte sich um. «Was machen wir?»

«Zum Rumsitzen ist es jedenfalls zu kalt», sagte Kristoffer.

Wir lauschten auf Partygeräusche, denen wir hätten folgen können, hörten aber nur den Verkehr der Hauptstraße, ein Martinshorn unten in der Stadt und einen bellenden Hund. Kristoffer schrieb irgendwem aus der B, der angeblich etwas wissen könnte, wir warteten eine Weile, doch es kam keine Antwort.

Ich wollte nicht zurück nach Hause. Ich dachte an die Kisten im Flur und alles, was darin lag, die Sachen, die ich nie als Papas Eigentum betrachtet hatte, die immer uns gehört hatten, meiner Mutter und meinem Vater und mir. Jetzt waren es plötzlich seine Sachen, und er war einer, und meine Mutter und ich waren zwei andere.

Er war seit einer Woche nicht mehr zu Hause gewesen.

«Meine Mutter hat die Schlüssel von unseren Nachbarn», sagte ich. «Sie passt auf die Katze auf, solange sie im Urlaub sind. Da ist niemand zu Hause.»

«Im Ernst?», fragte Kristoffer.

«Wenn ihr wollt, hole ich die Schlüssel», sagte ich.

Malene glotzte mich an, als hätte ich angefangen, mich auszuziehen.

Die anderen sahen zu, wie ich aufschloss. Neben der Tür hing ein Namensschild mit vier Strichmännchen, zwei mit Rock, zwei mit Hose.

SIRI UND MARCUS
SIVERT
SELMA

Ich kannte sie kaum. Meine Mutter unterhielt sich manchmal mit ihnen über die Hecke, im Sommer grillten sie oft. Der Vater war Schwede und freundlich und rief uns immer «Heeeej!» zu, fast komplett verdeckt von seinem gigantischen Grill. Die Mutter war mürrisch, jedenfalls klang sie so, wenn sie Sivert und Selma rief und sie aufforderte, herzukommen und beim Tischdecken zu helfen. Sie waren jünger als ich und schüchtern, der Vater wuschelte ihnen durchs Haar und nahm sie in den Arm, Sivert nannte er «meinen Jungen», Selma «mein Herz».

Als wir die Wohnung betraten, hörten wir ein dumpfes Geräusch. Jonas zuckte zusammen, wir anderen lachten, es war nur die Katze. Sie strich um Kristoffers Beine.

«Katzen stehen auf Kristoffer», sagte Jonas. «Katzen und Mädchen.»

Wir machten kein Licht an, aber ich konnte sehen, dass das Haus unserem ähnelte, die Zimmer waren gleich groß. Aber hier war alles heller und weißer, der Fußboden wirkte blitzblank, und nirgendwo türmten sich Umzugskisten oder unordentliche Bücherstapel, alles hatte seinen Platz. Wir gingen herum, schauten ins Bad und in Selmas Zimmer, an der Wand hing ein Poster von Justin Bieber mit verträumtem karamellfarbenem Blick, über das wir lachen mussten. In Siverts Zimmer hing ein Poster von Magnus Carlsen, darüber lachten wir noch mehr. Keiner von uns traute sich ins Elternschlafzimmer. In der Küche fand Jonas Weißwein, und dann saßen wir im dunklen Wohnzimmer und ließen die Flasche kreisen. Ab und zu, wenn ich mich in Kristoffers Richtung drehte, trafen sich für einen Moment unsere Blicke, ich bekam feuchte Hände und versuchte, seinen Blick schnell wieder einzufangen.

Um drei stand Malene auf und erklärte, sie wolle nach Hause, sie wirkte muffelig und müde. Den Wein hatten wir ausgetrunken, und Kristoffer döste mit der Katze auf dem Schoß vor sich hin. Mein Körper war schlapp, aber mein Kopf klar und glücklich. Es hätte unsere Katze sein können, unser Haus. Es gab keinen Grund, nicht hier zu sein.

Am nächsten Tag schlief ich lange, bis meine Mutter mich schließlich weckte. Malene war schon nach Hause gegangen. Noch ehe ich die Augen aufmachte, hörte ich den Regen.

«Hat Papa seine Sachen abgeholt?», fragte ich.

«Er war um zehn hier», antwortete meine Mutter.

«Du solltest mich doch wecken, wenn er kommt», sagte ich.

«Du hast so fest geschlafen», sagte meine Mutter.

Ich ging durchs Haus. Im Wohnzimmer lagen Bücher auf dem Boden verstreut. Der Fernseher, der DVD-Player und der Schallplattenspieler waren nicht mehr da. An den Wänden waren helle Vierecke zu sehen, wo Bilder gehangen hatten, in einem Bücherregal lag nur noch Staub. Im Arbeitszimmer fehlte fast alles, der Schreibtischstuhl, der Computer, die Lampe. Die Erinnerung daran, wie das Haus kurz nach unserem Einzug gewesen war. Im Schlafzimmer meiner Mutter standen zwei große Kisten. Ich ging hin und schaute hinein, sie hatte einen Teil ihrer Winterklamotten darin verstaut.

«Ich besorge einen neuen DVD-Player», sagte sie, während ich Cornflakes aß. «Mach dir deshalb keine Sorgen.»

«Ich gucke nie DVDs», erwiderte ich.

Ich sah zu, wie sie die Arbeitsfläche abwischte und Milchkartons ausspülte. Ihre Stimme klang inzwischen wieder munter, aber sie sah mich nicht an, sagte, ich solle Freundinnen einladen, und kam immer spät von der Arbeit nach Hause. Abends telefonierte sie lange, ging in die Küche und schloss die Tür, um in Ruhe sprechen zu können.

«Wo ist Papa eigentlich?», fragte ich.

«Zerbrich dir darüber nicht den Kopf», sagte sie. «Willst du einen Tee?»

Eigentlich wusste ich, wo mein Vater war, ich war mir jedenfalls ziemlich sicher, nämlich bei einer Frau namens Ragnhild. Sie hatte ein offenes Facebook-Profil, und auf fast allen Bildern stand sie mit ihren beiden Kindern vor irgendeiner Berghütte. Auf dem neuesten Foto war auch mein Vater zu sehen. Es war ebenfalls in den Bergen aufgenommen worden, vor einer Steinwarte. Er stand in seiner roten Jacke neben Ragnhild und lächelte, mit Sonnenbrille, die Hand auf der Schulter eines der Kinder, so, wie er früher mit mir posiert hatte.

In der Nacht wurde ich wach und schrieb den anderen, bevor ich mich wieder in das Haus schlich. Diesmal war die Katze nicht da, meine Mutter musste sie rausgelassen haben. Erst kam Malene, kurz danach Jonas. Kristoffer war der Letzte, er hatte den weitesten Weg.

«Lasst uns das Schlafzimmer auschecken», sagte ich, und Malene glotzte mich wieder an. Für gewöhnlich war sie es, die sich Sachen traute, nicht ich.

Siris und Marcus' Schlafzimmer roch irgendwie anders, der Geruch fremder Leute. Die Bettwäsche war blau und kühl. Jonas und Kristoffer ließen sich aufs Bett plumpsen und wippten auf und ab.

«Was glaubt ihr, was die in den Nachttischschubladen haben?», fragte Malene.

«Handschellen», sagte Jonas, «'nen Vibrator. Butt-Plugs.»

Kristoffer zog eine Schublade heraus.

«Bücher», sagte er. «Und Ohrstöpsel.»

«Mieses Sexleben», sagte Malene.

Ich betrachtete Kristoffer im Dunklen. Jetzt hielt er meinem Blick stand, und ich spürte ein Ziehen im Bauch. Ich war nervös, in meinem Hals steckte ein Kichern, das hinauswollte. Als Malene und Jonas sich auf die Suche nach Getränken machten, küssten wir uns, Kristoffer küsste weich und feucht, wir atmeten in den Mund des anderen. Aus dem Wohnzimmer hörte ich Klirren und Lachen. Kristoffers Gesicht war matt und verschlafen, ich knöpfte meine Hose auf und nahm seine Hand.

«Oh», sagte er und sah mich erschrocken an, als er spürte, dass ich feucht war.

Es dauerte nicht lange, dann durchfuhr mich ein scharfer Blitz, meine Knie wurden weich. Wir blieben reglos stehen, während sich mein Atem beruhigte. Mein Nacken war schweißnass. Er roch an seinen Fingern.

«Lass das», sagte ich und konnte gerade noch die Hose zuknöpfen, ehe Malene den Kopf zur Tür hineinsteckte.

«Kommt ihr?», fragte sie und sah von Kristoffer zu mir.

Wir lagen auf dem einen Sofa, Malene und Jonas auf dem anderen. Wir schlossen die Augen und taten, als wären die zwei nicht da. Manchmal hörte man sie rummachen oder auf dem Sofa herumrutschen, Jonas' Atem ging schneller. Ich schmiegte meine Wange an Kristoffers Brust, seine Körperwärme hüllte mich ein wie eine Decke, ich träumte kurz, wachte auf, schlief wieder ein. Zwischendurch spürte ich seine Hand unter meinem T-Shirt oder über der Hose an meinem

Hintern. Als es dämmerte, brachen wir auf, todmüde und bibbernd vor Kälte. Kristoffer musste mich daran erinnern abzuschließen, er küsste mich mit schlechtem Morgenatem. Malene ging, ohne sich von mir zu verabschieden.

Meine Mutter war schon bei der Arbeit, als ich aufwachte. Der Regen hörte gar nicht mehr auf. Es fühlte sich nicht an wie Sommer, eher wie eine Jahreszeit, die weder Frühling noch Sommer oder Herbst war, wie eine Jahreszeit ohne Namen. Ragnhild hatte als Status ein Herz gepostet und etliche Likes bekommen, auch eins von meinem Vater. Ich ging in das Schlafzimmer meiner Mutter, wo jetzt noch mehr Kisten standen, sie hatte einen Teil ihrer Kleider darin verstaut. Mir kam es vor, als ob mir das alles etwas sagen sollte, aber ich wusste nicht, was. Ich ging zurück ins Bett, schaute auf dem Mac Katzenvideos und *Game of Thrones* und blieb den Rest des Tages so liegen, wollte nicht zu dem Durcheinander im Wohnzimmer. Um fünf schickte ich Kristoffer ein «Hey». Er antwortete sofort, ein Smiley und «War schön heute Nacht». Ich fragte, ob wir uns später wieder in dem Haus treffen sollten, nur wir zwei, und er schickte ein paar Smileys und ein Daumen hoch, und da schnürte sich mir der Hals zu, meine Hände kribbelten.

Meine Mutter deckte fürs Abendessen den Küchentisch.

«Hier sieht's aus, als würden wir wieder umziehen», sagte ich und sah sie an.

«Mach du dir mal keine Sorgen», sagte sie, summte vor sich hin und sah aus dem Fenster.

Um zwei stand Kristoffer vor dem Haus.

Wir aßen ein Paket Serrano-Schinken aus dem Kühlschrank und eine Tüte Chips, in der Gefriertruhe fanden wir Karamelleis von Mövenpick, das wir direkt aus der Packung löffelten. Wir saßen im dunklen Wohnzimmer und tranken Wodka, Kristoffer streichelte die Katze, und ich legte die Beine aufs Sofa, als würde ich hier wohnen, als wäre das mein Wohnzimmer, unser Wohnzimmer. Wir mussten über alles lachen, und zwischendurch machten wir rum. Im Bad probierte ich drei verschiedene Feuchtigkeitscremes aus und sprühte ein Parfüm auf mein linkes, ein anderes auf mein rechtes Handgelenk, beide rochen damenhaft. Danach inspizierten wir die Kleiderschränke im Schlafzimmer. Ich befühlte die Slips, weich und mit Spitze. Ganz hinten im Schrank entdeckte Kristoffer einen Zylinder. Ich nahm ein dünnes schwarzes Kleid heraus.

«Zieh's mal an», sagte Kristoffer.

Er sah mich an, während ich mich auszog. Ich bat ihn, mir mit dem Reißverschluss am Rücken zu helfen.

«Echt heiß», sagte er und lachte, als ich mich zu ihm umdrehte.

«Zieh du einen Anzug an», sagte ich.

Er schlüpfte vor mir aus den Klamotten, unter seinen Boxershorts zeichnete sich ein Halbständer ab, er band sich selbst den Schlips. Wir betrachteten uns in dem großen Flurspiegel, Kristoffer setzte den Zylinder auf, und ich prustete los. Wir machten ein Bild mit seinem Telefon. Ich sah aus wie eine andere, mein Gesicht wirkte älter, ich fühlte mich zu Hause.

Ich wachte auf, weil ich pinkeln musste. Er lag hinter mir, dicht an mich geschmiegt, an meinen Po und Rücken. Die Bettwäsche roch jetzt nach uns, nach Körpern und Kondomen und Küssen und Mundgeruch. Als ich aus dem Bad zurückkam, wurde Kristoffer wach.

«Du hast ja gar nichts an», sagte er lächelnd.

«Nein», sagte ich.

Ich blickte aus dem Fenster auf die Straße. Draußen war es grau und fast schon hell. Bei uns war alles dunkel, in meinem Zimmer und in dem Schlafzimmer meiner Eltern. Das Haus sah leer aus.

Kristoffer stand auf, zog sich an und legte sein Kinn auf meine Schulter.

«Ich muss nach Hause», sagte er.

«Noch nicht», sagte ich. «Du kannst hier mit mir wohnen.»

Er lachte.

«Freitag fahre ich in Urlaub», sagte er. «Dann musst du hier ganz allein wohnen.»

«Sie werden nichts merken», sagte ich.

Ich lachte nicht.

«Quatsch», sagte er.

«Bleib noch ein bisschen», sagte ich. «Bitte.»

Ich küsste seinen Hals, immer wieder. Er schüttelte den Kopf und löste sich von mir. Er sah mir nicht mehr in die Augen.

Als er weg war, zog ich mich an und versuchte, das Bett so zu machen, wie es vorher ausgesehen hatte, aber ich bekam es nicht hin. Ich hatte keine Ahnung, was ich mit dem benutzten Kondom anstellen sollte, und ging ins Bad, um es im Klo runterzuspülen, aber es schwamm weiter oben. Ich bekam es nicht hin. Ich setzte mich auf den Boden, mein Atem blieb in der Brust stecken, klemmte fest. Ich brach in kalten Fieberschweiß aus, der mir vom Nacken über die Schultern und die Arme rann.

Erst erreichte ich nur den Anrufbeantworter. Ich versuchte es erneut, und da meldete sie sich nach dem zweiten Klingeln.

«Hallo», sagte ich.

«Was ist los?», fragte meine Mutter.

Ihr Stimme klang belegt und müde. Ich sagte nichts.

«Warum rufst du an?», fragte sie.

Die Müdigkeit in ihrer Stimme wich Besorgnis, ich hörte, wie sie aufstand.

«Bist du nicht zu Hause?»

Ich ging ins Schlafzimmer und sah hinüber zu unserem Haus. In meinem Zimmer ging das Licht an. Ich sah, wie sie es betrat, sah meine Poster und den Schreibtisch.

«Wo bist du denn?», rief sie. «Ist etwas passiert? Kannst du mir sagen, wo du bist?»

Sie sah aus dem Fenster, ohne mich zu entdecken, ich beobachtete, wie sie sich immer wieder umdrehte, jetzt hellwach und ängstlich. Ich weinte. Sie trug das gestreifte Nachthemd, ich wusste, es roch nach ihr.

ALTES EHEPAAR

ELLEN WAR ZIGARETTEN holen gegangen und kam nicht wieder. Mina wartete im Café auf dem kleinen Platz hinter der Kathedrale. Inzwischen war es dunkel, sie hatten vor, in Barceloneta essen zu gehen. Nach zwanzig Minuten hatte Mina längst ihr Glas ausgetrunken und mehrmals vergeblich bei Ellen angerufen. Sie rechnete immer gleich mit dem Schlimmsten, das müsse sie sich abgewöhnen, hatte Ellen gesagt. Mina stellte sich vor, wie sie in den verschachtelten Gassen zwischen Touristen und Straßenhändlern herumrennen und auf Englisch fragen würde, ob jemand Ellen gesehen habe. Die ganze Nacht würde sie suchen und anschließend notgedrungen Ellens Eltern und Sigurd anrufen, damit sie herkämen. Dann müssten sie mit der Polizei und der Botschaft sprechen, und Ellen würde mit dem Foto gesucht, das Mina am ersten Abend in Barcelona von ihr gemacht hatte, Ellen prostete ihr darauf zu. Nach einigen Wochen würde die Polizei ihnen mitteilen, man habe nach wie vor keine Spur von ihr, und sie müssten aufgeben und in Tränen aufgelöst nach Hause fliegen. So was passiert, dachte Mina, es passiert wirklich, Leute verschwinden einfach, und Sigurd würde ihr die Schuld geben.

«Gehen wir?», fragte Ellen, plötzlich stand sie neben dem Tisch, und Mina zuckte zusammen.

«Wo warst du so lange?», fragte Mina und bekam ihr Gesicht nicht wieder unter Kontrolle.

«Es gab nirgendwo Zehnerschachteln», erklärte Ellen. «Ich musste zu einem Supermarkt am Arsch der Welt laufen.»

«Ich habe dich angerufen», sagte Mina.

«Ich hatte das Handy auf lautlos», sagte Ellen.

Sie gingen hinunter zum Hafen und stellten sich in die Schlange vor dem Restaurant, von dem Sigurd gesagt hatte, dort müssten sie unbedingt essen. «Legendär», sagte Ellen. Legendär, dachte Mina, das war kein Ellen-Wort, sie musste es von Sigurd übernommen haben. Ellen hatte all seine Tipps notiert und auf dem Stadtplan eingekreist. Das Essen war überall gut gewesen, sie hatten Tapas und Pinchos probiert und rosa Cava getrunken, bis er ihnen zu den Ohren herauskam, aber gleichzeitig fühlte es sich an, als wäre Sigurd alles im Voraus für sie abgelaufen und die ganze Zeit dabei. Ellen rief ihn jeden Abend an, während sie auf dem Hotelbalkon rauchte, dann sprach sie leise und kicherte. Mina wusste nicht, wen sie selbst hätte anrufen sollen. Sie hätte Ellen angerufen, immer nur Ellen, aber Ellen war ja bei ihr.

«Was isst du?», fragte Mina.

Sie konnte sich nicht auf die Speisekarte konzentrieren, es war, als säße sie immer noch im Café auf dem Platz, in der Gewissheit, dass Ellen sie verlassen hatte.

«Nur eine Kleinigkeit», antwortete Ellen. «Ich habe keinen großen Hunger.»

«Willst du abnehmen, oder was?»

«Nein, aber mir ist ein bisschen schlecht. Ich vertrage das viele Fleisch nicht, das wir hier essen.»

«Werd bloß nicht auch eine von denen.»

«Kann ich nicht einfach essen, worauf ich Lust habe?», fragte Ellen.

Auf ihrem Display leuchtete eine Nachricht auf.

«Vermisst er dich schon wieder?», fragte Mina.

«Ja», sagte Ellen und lächelte über das ganze Gesicht, während sie die Mitteilung las. «Er holt mich morgen vom Flughafen ab.»

Vor zwei Monaten war Ellen bei Sigurd eingezogen. Mina hatte die ganze Wohnung für sich und wusste nicht mehr, was sie mit ihren freien Tagen anfangen sollte. In den vier Jahren, in denen Ellen und sie zusammengewohnt hatten, waren die Wochenenden fast immer gleich abgelaufen. Samstags frühstückten sie gemeinsam und rieten beim Radio-Quiz mit, bevor sie die Wohnung putzten. Ellen blieb dann gerne irgendwann einfach mitten im Zimmer sitzen, den Putzeimer neben sich, und blätterte in einer Zeitschrift, die sie unter der Kommode gefunden hatte, aber Mina konnte ihr nicht böse sein. Ellen war so lustig, wenn sie zerstreut war. Die Sonntage verbrachten sie normalerweise verkatert unter einer Bettdecke vor dem Fernseher in Ellens Zimmer.

«Wir hätten ein Paar werden sollen», sagte Mina, wenn Ellen ihr so über das Haar strich, dass sie ganz selig und dösig wurde.

«Aber echt mal», sagte Ellen. «Wie unkompliziert alles sein könnte, wenn wir lesbisch wären.»

Wie schon während der ganzen Reise aß Mina mehr als Ellen und fühlte sich dick. Ellen stocherte ewig in einer Kammmuschel herum. Als sie fertig war, steckte sie sich eine Zigarette an und schrieb noch einmal an Sigurd.

«Sorry», sagte sie. «Jetzt lege ich das Telefon weg.»

«Ich verstehe nicht, dass du dich das mit Sigurd traust», sagte Mina.

«Wie, trauen?»

«Ach, ich weiß auch nicht richtig», sagte Mina. «Ich möchte eben nicht, dass er dich irgendwie verletzt.»

Ellen drückte die Zigarette aus, ihr Gesicht verfinsterte sich.

«Das wird er nicht.»

«Nein, bestimmt nicht», sagte Mina und lächelte. «Wollen wir ein Dessert nehmen?»

«Keine Lust.» Ellen zog ihre Jacke an. «Ich würde gern etwas früher ins Bett gehen.»

«Ich dachte, heute machen wir's uns nett und gehen noch was trinken? An unserem letzten Abend?»

«Meine Güte, dann bestell halt ein Dessert.»

Mina bestellte eine Crema Catalana und zerklopfte die Oberfläche derart langsam mit dem Löffel, bis es Ellen garantiert nervte. Sie hatte das Bedürfnis, Ellen so lange zu drangsalieren, bis die endlich aufhörte, bei jedem Blick auf ihr Handy zu lächeln. Sie nahm sich eine Zigarette aus Ellens Schachtel, ohne zu fragen.

«Ich hätte nur einfach nicht gedacht, dass du auch so werden würdest», sagte sie und blies den Rauch aus. «Ausgerechnet du, weißt du.»

«Was soll das heißen, ausgerechnet ich?», fragte Ellen, da war es endlich, das Zucken in ihren Nasenflügeln.

«Ich mache mir bloß Sorgen», sagte Mina. «Ich sag's ja nur.»

«Weil?», fragte Ellen.

«Weil er dich verlassen wird», sagte Mina.

Ellen hob ihr Haar über die Schulter nach vorn und kämmte es mit den Fingern, das machte sie, solange Mina denken konnte. Plötzlich regte sich Zärtlichkeit in Mina, sie erinnerte sich daran, wie es war, zusammen im Bad vor dem Spiegel zu stehen und sich für eine Party aufzubrezeln, wie Ellen sich fertig schminkte, während sie ihr Spiegelgesicht aufsetzte und das Haar über die linke Schulter legte. Immer die linke. Sie überlegte, ob Sigurd die Bewegung auch aufgefallen war.

«Was weißt du schon darüber», sagte Ellen.

«So machen das die Leute eben», erwiderte Mina. «Und wenn er seine Frau für dich verlassen hat, kannst du wohl nicht ausschließen, dass es sich wiederholt.»

«Die Leute», sagte Ellen.

«Ich sag's ja nur.»

«Du solltest nicht so selbstzufrieden gucken, wenn du dir angeblich Sorgen machst», sagte Ellen. «Such dir lieber selbst einen Freund.»

Mina legte den Löffel ab, holte ihr Telefon aus der Tasche, plötzlich hatte sie einen ganz heißen Kopf und blätterte durch die Apps. Sie spürte, dass ihr die Tränen kommen würden, wenn sie den Blick vom Handy hob.

«Tut mir leid», sagte Ellen. «Aber du musst dich echt mal ein bisschen zusammenreißen.»

Auf dem Weg ins Hotel schlug Ellen halbherzig vor, sie könnten ja unterwegs noch einen Absacker trinken, doch Mina schüttelte den Kopf. Sie konnte Ellen nicht mehr in die Augen sehen. Im Hotelzimmer lag sie wach, während Ellen wie immer leise schnarchte, es tat so weh, das zu hören, ein Geräusch, das nicht länger ihr gehörte. Morgen würde sie in die Wohnung zurückkommen, wo die Schmutzwäsche noch genauso daläge, wie Mina sie zurückgelassen hatte, und Ellens leeres Zimmer noch verstaubter wäre. Es brach über sie herein, wie allein sie war.

Am Wochenende darauf ging Mina mit ein paar alten Studienfreundinnen weg, die sie lange nicht mehr gesehen hatte. Sie redeten über Leute, die sie nicht kannte, und lachten über Erlebnisse auf Partys, die sie verpasst hatte.

«Es ist ganz komisch, dich ohne Ellen zu sehen», sagte die eine Freundin. «Ihr wart immer wie ein altes Ehepaar.»

«Jetzt wohl ein geschiedenes altes Ehepaar», warf die andere ein. «Ist er denn okay, ihr neuer Freund?»

Mina zuckte die Achseln.

«Tja», sagte sie und registrierte, wie die beiden sich Blicke zuwarfen.

«Was wolltest du gerade sagen?», fragte die eine.

«Ach, eigentlich nichts Bestimmtes.» Mina trank einen Schluck und stellte das Glas langsam ab, bevor sie fortfuhr. «Ich mache mir nur ein bisschen Sorgen. Er war verheiratet, als er Ellen kennengelernt hat, er ist halt schon ziemlich alt. Und sie glaubt, das wäre was für immer, aber so Typen wie er hören ja nicht unbedingt auf fremdzugehen, wenn ihr wisst, was ich meine.»

Sie blickte von der einen zur anderen und merkte, dass sie ihr glaubten, sie fühlte sich bedeutsam.

«Das wird nie im Leben halten», fügte sie hinzu.

«Arme Ellen», sagte die erste Freundin. «Dabei ist sie doch echt nicht dumm.»

«Das passt irgendwie gar nicht zu ihr», sagte die andere.

«Nein, oder?», sagte Mina eifrig. «So gar nicht.»

Als das Revolver zumachte, nahm sie einen Typen mit nach Hause. Sie war betrunken und traurig und hatte seinen Namen nicht mitbekommen, und beim Einschlafen schmiegte sie sich an ihn. Am nächsten Tag stand sie auf und kochte Kaffee und brachte ihm die Tasse nackt ans Bett, das war ihm peinlich, und sie bekam heiße Wangen und zog sich hastig ein T-Shirt über. Er trank den Kaffee und erzählte sachlich von seinem Job. Eine weitere Tasse lehnte er ab und zog sich schnell an.

«Gibst du mir deine Nummer?», fragte Mina.

«Äh, klar», sagte er angestrengt, und sie spürte, dass es falsch war, doch jetzt konnte sie nicht mehr zurück, sie tippte seine Nummer ein und rief ihn an.

«So», sagte sie, «jetzt hast du meine auch.»

«Okay.» Er rang sich ein Lächeln ab.

Früher hätte sie Ellen sofort davon erzählt; wer wen aufgerissen hatte und was sie im Bett alles ausprobiert hatten, und sie hätten darüber gelacht, was für Schlampen sie waren, und über Minas Suff. Aber jetzt wirkte alles irgendwie schwitzig und klebrig, sie dachte, dass sie jetzt eine andere war, eine, die darum bettelte.

Nach ein paar Wochen rief sie Ellen an und fragte, ob sie am Wochenende etwas unternehmen wollten, und sagte, ihr tue es leid, dass es in Barcelona zwischen ihnen so dumm gelaufen war.

«Eigentlich habe ich gar keine Lust, irgendwo hinzugehen», sagte Ellen. «Kannst du nicht lieber herkommen?»

«Wir gehen gar nicht mehr zusammen weg.» Mina klang wie eine beleidigte Geliebte.

«Aber du willst doch bestimmt unsere Wohnung sehen», sagte Ellen.

In Ellens und Sigurds Wohnung hingen keine Drucke an den Wänden, sondern echte Kunst, und es gab eine Nespresso-Maschine und ein Weinregal, wer hat denn bitte so viele Flaschen, dass er ein Regal braucht?, dachte Mina. Sigurd stand in der Küche und briet Fleisch. Er umarmte Mina unbeholfen und sagte, es sei nett, sie wieder zu sehen. Ellen hatte ihr Haar anders hochgesteckt. Irgendwie wirkte sie jedes Mal ein bisschen älter, wenn Mina sie sah, wohingegen sie selbst immer gleich blieb. Ellen bedeckte den Boden eines riesigen Glases mit Rotwein und schwenkte es lange, ehe sie es Mina reichte.

«Guter Wein», sagte Mina dümmlich.

Ihre mitgebrachte Flasche blieb auf der Arbeitsfläche stehen. Sie hatte denselben gekauft, den sie sonst immer zum Vorglühen tranken.

«Ja, der ist wahnsinnig gut», sagte Ellen. «Ich vergesse immer den Namen, wenn ich ihn kaufen soll, muss ich Sigurd jedes Mal eine Nachricht schreiben.»

Sie aßen Lammkoteletts mit Hummus und Gemüse, ganz unkompliziert, wie Sigurd sagte.

«Ganz unkompliziert», sagte Mina und machte Anführungszeichen mit den Fingern, während Sigurd draußen war, aber Ellen lächelte nur lahm zurück, früher hätte sie gelacht und die Augen verdreht.

«Wie geht es dir denn so?», fragte Ellen.

«Super», antwortete Mina.

Sigurd schenkte ihr Wein nach. Er war klein und dünn, kleiner als in ihrer Erinnerung, er sah nicht aus wie einer, der fremdging. Sie redeten über Musik und die Regierung und Sigurds Arbeit und Ellens Arbeit und Minas Arbeit. Die anderen bemerkten nicht, wie viel sie trank, glaubte Mina. Sie wäre lieber mit Ellen allein gewesen, sie hätte sich gewünscht, auf dem Sofa Bier zu trinken und über Ex-Freunde zu reden und dann angeheitert und kichernd im Bus zu sitzen und mit Jungs an der Bar zu flirten und in der Kloschlange vor Lachen zusammenzubrechen.

«Kannst du mich mal umarmen?» Mina streckte sich nach Ellen aus, als Sigurd in der Küche das Dessert anrichtete. «Sind wir wieder Freundinnen? Ja?»

Ellen lächelte und drückte sie an sich. Es war Ellens Geruch, aber anders, Mina kam es so vor, als würde sie irgendeinen beliebigen Menschen umarmen.

«Weinst du?», fragte Ellen.

Mina starrte auf den Tisch.

«Ich will nicht alleine wohnen», sagte sie schließlich.

«Du könntest dir doch eine neue Mitbewohnerin suchen», schlug Ellen vor.

«Das meine ich nicht», sagte Mina.

Ihr lief der Rotz aus der Nase, dünnflüssig, und Sigurd hatte mit dem Teller auch ihre Serviette abgeräumt. Ich vermisse dich, wollte sie sagen, aber sie brachte die Wörter nicht über die Lippen, nicht wenn Ellen einfach nur dasaß und auf ihrem Stuhl hin- und herrutschte.

«Wir können doch nicht für immer zusammenwohnen», sagte Ellen schließlich.

«Warum denn nicht?», fragte Mina und lachte heiser, sie versuchte, sich die Nase mit dem Pulli abzuwischen, ohne dass Ellen es sah.

«Die Dinge ändern sich.»

«Ich hätte nicht gedacht, dass sie sich auch für uns ändern würden.»

«Aber es ist ja wohl normal, dass ich mit Sigurd zusammenwohnen will. Ich kann doch nicht nur aus Nettigkeit bei dir bleiben.»

«Ach», sagte Mina.

Sigurd stand mit drei Dessertschalen auf einem Tablett in der Tür.

«Ist etwas passiert?», fragte er.

«Nichts Schlimmes», antwortete Ellen.

«Es ging nur um einen Typen», sagte Mina und wischte sich das Gesicht ab. «Ich habe mich schon wieder beruhigt.»

«Männer machen immer nur Probleme», sagte Sigurd lächelnd.

Er schenkte Mina und sich Wein nach. Jetzt erst bemerkte Mina es: Ellen trank schon den ganzen Abend nichts. Jetzt sah sie es. Sie war auch kein einziges Mal zum Rauchen rausgegangen. Sie sah den Blick, den Ellen und Sigurd wechselten, ihr heimliches Lächeln, als er die Weinflasche abstellte, und es wurde ganz still in ihr.

Sie aß das Dessert, Pannacotta mit Himbeercoulis, und sagte mehrmals, wie unglaublich gut es sei, das Beste, was sie je gegessen habe.

«Ich werde noch ganz rot», sagte Sigurd.

Er sah gut aus, wenn er lachte. Sie streckte sich nach hinten und merkte, dass sie betrunken war. Ihre Nackenwirbel waren steif, wenn sie lächelte, schien jedes Mal etwas zu knirschen.

«Es ist so gemütlich bei euch», sagte sie und streckte wieder ihr Glas vor, Sigurd hatte eine neue Flasche geöffnet.

«Jetzt lasst es doch ein bisschen langsamer angehen», sagte Ellen leise.

Mina hatte große Lust, ihr eine zu klatschen.

Sie zogen aufs Sofa um, nachdem Sigurd die Spülmaschine eingeräumt hatte.

«Ich werde allmählich müde», sagte Ellen und gähnte ausgiebig.

Es sah nicht echt aus.

«Austrinken müssen wir aber noch», sagte Sigurd. «Stimmt's, Mina?»

«Yes», sagte Mina und reckte den Daumen hoch.

Sie hatte die Beine unter sich gezogen und hielt das Glas in der Hand.

«Jetzt rottet ihr euch auch noch gegen mich zusammen», sagte Ellen grinsend.

Sigurd nahm ihre Hand und hielt sie. Sie sahen sich lange an und lächelten, als hätte Mina sich in Luft aufgelöst, und Ellen beugte sich herab und küsste ihn, bevor sie auf die Toilette ging. Mina stellte ihr Glas auf den Tisch, der Wein schwappte über. Sie strich mit dem Finger über den Fleck.

«Wirst du Ellen betrügen?», fragte sie und blickte Sigurd mit zusammengekniffenen Augen an, sie sagte es im Scherz, aber er lachte nicht.

«Wie bitte?», fragte er.

Mina legte die Hand auf seine Schulter und rüttelte daran.

«Ach, ich mag dich, Sigurd», sagte sie.

«Das freut mich», erwiderte Sigurd. «Man wünscht sich ja, dass man sich auch mit den Freunden versteht, wenn man mit jemandem zusammen ist.»

«Ich mag dich», wiederholte Mina.

Ihre Hand lag noch immer auf seiner Schulter, die sich gut anfühlte unter dem Hemd, warm und knochig zugleich. Sigurd rückte ein Stück von ihr ab.

«Aber es wird nicht funktionieren», sagte sie. «Du bist zu alt für sie.»

«Warum sagst du so was?», fragte Sigurd.

«Sie wird zu mir zurückziehen.»

«Jetzt ist aber gut.»

Er hob ihre Hand von seiner Schulter, aber sie wollte ihn nicht loslassen, sie strich seitlich an seiner Brust entlang nach unten, wie toll er war, so dünn und warm und toll, sie packte seinen Nacken mit beiden Händen und zog ihn an sich, aber er wich mit dem Kopf zurück, ihr Kuss verfehlte den Mund und traf nur das Kinn.

«Hallo! Mina!», sagte er. «Hallo! Jetzt beruhigen wir uns erst mal.»

Sie versuchte, ihn erneut zu küssen, und tastete nach seinem Schritt, fummelte an seinem Reißverschluss herum, plötzlich waren ihre Finger ganz flink.

«Was soll das?», sagte Sigurd.

Er sprang auf und ruderte mit den Armen. Mina kippte zur Seite und rutschte vom Sofa, sie riss ein Glas auf dem Tisch um, als sie nach Halt suchte.

«Entschuldigung», sagte sie.

«Was ist denn hier los?», fragte Ellen.

Sie stand in der Tür und betrachtete die beiden. Mina rappelte sich vom Boden hoch. Sigurds Gesicht war vor Wut rot angelaufen, er öffnete den Mund und schloss ihn wieder.

«Nichts», antwortete Mina. Sie merkte, dass sie schwankte. «Ich gehe dann mal.»

Ellen begleitete sie in den Flur. Sie sah zu, wie Mina versuchte, in ihre Stiefeletten zu schlüpfen, während sie gleichzeitig an ihrer Tasche herumfingerte und sie auf den Boden fallen ließ.

«Aber was ist denn passiert?», fragte Ellen.

«Alles gut», sagte Mina und drückte sie fest an sich, dann rannte sie die Treppen hinunter.

GROSSER BRUDER

ALS HENRIK als Krankenpfleger anfing, verglich er sein Krankenhaus oft mit dem, in dem sein kleiner Bruder acht Tage lang gelegen hatte. Auf Henriks Station waren in jedem Zimmer drei oder vier Frühchen untergebracht, das Licht war gedämpft, und die Maschinen erzeugten ein konstantes Brummen. Viele Eltern äußerten die Befürchtung, das Geräusch könne die Babys stressen, Henrik beruhigte sie dann immer, dafür gebe es keinerlei Anzeichen. Er war in seine Rolle hineingewachsen und fand, dass seine Stimme erwachsen klang. Jeden Morgen schlüpfte er in seine unförmige Arbeitskleidung und die Plastikschlappen. Eine Viertelstunde vor Dienstbeginn traf er im Krankenhaus ein, damit er genug Zeit für einen Kaffee aus dem Automaten und einen Schwatz mit den anderen hatte. Er war geschickt, wenn er Venenkatheter legte, und entwickelte ein Talent dafür, Komplikationen abzuwenden. Selbst daran, dass die Babys viel zu klein waren, gewöhnte er sich. Viele fanden in einer Hand Platz, wenn er sie behutsam hochhob und versorgte. Nur wenn er den Eltern erklären musste, dass man nichts mehr tun konnte, geriet er nach wie vor ins Stottern. Manchmal kamen auch die Geschwister ins Krankenhaus und standen steif und mit ernster Miene da, an der Hand der Mutter oder des Vaters, und Henrik fragte sich, an wie viel sie sich später einmal erinnern würden.

Das Erste, woran er sich erinnerte, war der Anblick des schlafenden Babys, das unter einer grellen Lampe in der «Brutkiste» lag – später erklärte seine Mutter ihm, dass es «Brutkasten» hieß. Das Baby hatte dunkle Haare, und in den kleinen Armen verschwanden dünne Schläuche. Henrik war gerade groß genug, um in den Brutkasten schauen zu können, er griff hinein und stupste einen Schlauch an. Sein Vater legte schnell eine Hand auf seine und sagte, dass er nichts anfassen dürfe. Der Junge hieß Anders. Den Namen hatten Henriks Eltern schon lange vor der Geburt ausgesucht, und jetzt war Anders früher zur Welt gekommen, als er sollte. Das Zimmer roch auf eine abstoßende Weise sauber. Neben Henriks Vater stand ein hochgewachsener Arzt und sprach über Sachen, die Henrik nicht verstand, er hatte Hunger, traute sich aber nicht, etwas zu sagen.

In der zweiten Erinnerung saß er im Auto, sein Vater hatte ihn gerade aus dem Kindergarten abgeholt. Sie warteten vor einem Bahnübergang. Ehe sich die Schranke senkte, ertönte das Signal, bei dem Henrik immer mitsang, *dingdingding*, und als der Zug näher kam, drehte sein Vater sich um und sagte, Anders sei tot.

«Er ist heute um eins gestorben.»

«Oh», machte Henrik und saß reglos da.

Er hatte seinen Vater noch nie zuvor weinen sehen. Der Zug rauschte vorbei, er war lang. Sonst machte es seinem Vater immer Spaß, ihm die Züge zu zeigen.

«Das ist der Schwedenzug, Papa», sagte Henrik.

«Das stimmt», sagte Henriks Vater.

Die dritte Erinnerung setzte sich zusammen aus den Daten, die für immer in Henriks Gedächtnis eingebrannt waren. Der 5. Januar war Anders' Geburtstag, jedes Jahr zündete seine Mutter eine Kerze an. Der 13. Januar war wie mit einem schwarzen Band umhüllt, und Henrik graute es mehr und mehr vor dem Tag, sobald Weihnachten vorbei war, musste er ständig daran denken.

«Ich weine, weil heute der 13. Januar ist», sagte seine Mutter jedes Jahr beim Frühstück und versuchte, Henrik zuzulächeln, ihr Gesicht war rot und feucht.

Henrik kippelte mit dem Stuhl und kleckerte beim Essen, seine Mutter sollte nicht mehr traurig sein, sondern lieber wütend. Einmal ließ er absichtlich ein Ei zu Boden fallen. Als er größer war, erzählte er Witze, über die sein Vater lachte, doch seine Mutter hörte ihm nur mit halbem Ohr zu. Er achtete darauf, zu Hause nicht über Babys zu sprechen oder Menschen, die gestorben waren. Als er in die Schule kam und lesen lernte, stand er morgens vor seinen Eltern auf, holte die Zeitung rein und warf sie weg, wenn etwas über kleine Kinder oder schwangere Frauen darin stand.

Ein paarmal im Jahr nahm seine Mutter ihn mit zum Grab. Henrik musste eine große braune Gießkanne mit Wasser füllen und über den Friedhof tragen. Seine Mutter wechselte den alten Kranz gegen einen frischen aus, und Henrik fuhr mit dem Zeigefinger über die verschnörkelten Buchstaben auf dem Grabstein.

«Sah Anders mir ähnlich?», fragte er, als er sieben oder acht war.

Er stellte sich vor, Anders wäre blond, so wie er, und vielleicht ein bisschen weichlich. Niemand würde ihn mobben, aber er hätte Angst vor Hunden und den größeren Jungs und würde sich von Henrik beschützen lassen. Wenn Anders in die Schule käme, würde Henrik mit ihm zusammen gehen.

«Ich weiß nicht», antwortete seine Mutter und bürstete sich Erde von der Kleidung. Sie hatte feuchte Flecken an den Knien. «Er war so klein.»

«Nicht mal ein bisschen?», fragte Henrik.

«Doch, er sah dir bestimmt ein bisschen ähnlich», sagte sie.

Wie genau die Sache mit Eirik angefangen hatte, wusste Henrik nicht mehr, es war in dem Herbst gewesen, als er zehn wurde. In den Zeitungen wurde ständig von Entführungen berichtet. In der Schule erzählten die Lehrer von Kindern, die in Autos gezerrt und ihren Eltern weggenommen wurden, und dann sperrte man sie in Keller ein, bis sie einen krummen Rücken hatten. Manchmal waren die Kinder noch so klein, dass sie sich später nicht mehr an ihre Entführung erinnerten, sie wurden von fremden Leuten adoptiert, während ihre richtigen Eltern nach ihnen suchten. Henrik durfte inzwischen mit seinem Vater die Nachrichten schauen, und eines Abends wurde von einem Neugeborenen berichtet, das aus einem schwedischen Krankenhaus entführt worden war. Die Polizei hatte den Täter nicht gefasst, und das Baby war verschwunden.

«Werden in Norwegen auch Kinder adoptiert?», fragte Henrik später, als sein Vater und er sich im Bad die Zähne putzten.

«Ein Mädchen in deiner Klasse ist doch adoptiert», antwortete sein Vater. «Julie.»

«Nicht aus dem Ausland», sagte Henrik, «Kinder aus Norwegen, meine ich.»

Sein Vater überlegte einen Moment und spuckte Zahnpastaschaum ins Waschbecken. Er bekam schönere Spuckeflatschen hin als Henrik.

«Tja, wenn du so fragst, der kleine Eirik aus der ersten Klasse ist, glaube ich, auch adoptiert. Ich meine, ich hätte so was gehört.»

«Welcher Eirik?», fragte Henrik.

«Eirik Sørheim», antwortete sein Vater. «Ich glaube, er lebt nicht bei seinen biologischen Eltern.»

Eirik Sørheim, dachte Henrik, als er in seinem dunklen Zimmer im Bett lag, Eirik Sørheim ist adoptiert. Sein Schlafanzug klebte am Rücken, draußen regnete es. Er hörte die Stimmen seiner Mutter und seines Vaters, sie stritten miteinander. Er dachte an das Baby und die Schläuche und den Brutkasten.

Am nächsten Morgen stand er vor dem ersten Klingeln neben dem Schultor. Es war noch dunkel, er fror in seinen Gummistiefeln. Die Erstklässler warteten auf dem Schulhof, bis die Älteren drinnen waren, dann marschierten sie in Zweierreihen los. Henrik blieb stehen. Als Eirik an ihm vorbeikam, streckte Henrik ihm sein Federmäppchen entgegen und fragte:

«Ist das deins?»

«Nein», sagte Eirik und sah von dem Mäppchen zu Henrik. Er war nicht blond, aber Henrik fand trotzdem, dass sie sich ähnlich sahen. Die Erstklässler zogen an ihm vorbei, und ihre Lehrerin drehte sich um und blitzte Henrik streng an. Als hätte er etwas verbrochen.

«Ich hab's gefunden», sagte Henrik. «Ich dachte, es wäre deins.»

«Okay», sagte Eirik.

Henrik fürchtete, dass sein Plan schiefgelaufen war, dass Eirik ihn jetzt seltsam fand. Doch Eirik grüßte ihn am nächsten Tag auf dem Flur und am übernächsten auch, sagte klar und deutlich Hallo, als würden sie sich kennen. Am Freitag, als Henriks und die erste Klasse gleichzeitig Schluss hatten, lief Henrik schnell auf den Hof hinaus und wartete dort. Zu beiden Seiten strömten Wellen aus Mädchen und Jungen, durch die Luft fliegenden Fußbällen und lauten Stimmen vorbei. Henrik stand mittendrin und sah, wie Eirik zusammen mit ein paar anderen Jungs aus der Ersten aus dem Gebäude kam. Sie hatten so kurze Beine, dachte er, so winzige Rucksäcke.

«Sollen wir zusammen gehen?», fragte Henrik.

Es wäre ein Umweg für ihn. Die anderen Jungs starrten ihn an.

«Okay», sagte Eirik.

Unterwegs fragte Henrik ihn über Fußball aus, versuchte, seine Stimme erwachsen klingen zu lassen, und fluchte viel. Eirik gab sich sichtlich Mühe, cool zu wirken, er schüttelte seine langen Haare und sagte «Scheiße», und Henrik freute sich, dass Eirik ihm nacheiferte. Es hatte geregnet, und die Straße war voller Regenwürmer. Ein paar waren zertreten worden, die eine Hälfte lag widerlich platt gedrückt auf dem Asphalt, während der unversehrte Teil weiterkroch. Sie setzten sich in die Hocke und stupsten die Würmer an, und da bemerkte Henrik ein Muttermal auf Eiriks Wange, an der gleichen Stelle, an der auch er eins hatte. Er spürte einen angenehmen kleinen Tritt in den Bauch.

«Warum wurdest du adoptiert?», fragte er.

Es war nicht mehr weit bis zu Eiriks Haus, er musste sich beeilen.

«Na ja», antwortete Eirik. «Meine biologischen Eltern waren krank, sie hätten sich nicht um ein Kind kümmern können.»

Es klang, als hätte er den Satz schon oft gesagt.

«Wo sind sie jetzt?», fragte Henrik.

«Meine biologische Mutter ist gestorben, als ich klein war, was mit meinem biologischen Vater ist, weiß ich nicht.»

«Oh.»

«Ja, aber ich kannte sie ja nicht.»

«Mein Bruder ist auch tot», sagte Henrik.

«Echt?», fragte Eirik und sah Henrik in die Augen.

Sie waren bei Eirik angekommen. Vor dem Haus standen ein paar große Fahrräder, Eirik hatte einen Bruder und eine Schwester, die in die Mittelstufe gingen.

«Du kannst noch mit zu mir kommen, wenn du darfst», schlug Henrik vor.

So früh waren Henriks Eltern noch nicht zu Hause. Eirik saß am Küchentisch, während Henrik einen Brotlaib in perfekte Scheiben schnitt, Salami und Mayonnaise hervorholte und alles auf den Küchentisch stellte.

«Schmierst du mir ein Brot?», fragte Eirik.

Henrik malte hübsche Mayonnaisestreifen auf die Brotscheiben, und später holte er Schokoladenkekse aus dem Schrank, obwohl er unter der Woche keine Kekse essen durfte.

«Gibt's in der Schule jemanden, der dich mobbt?», fragte Henrik.

Eirik schüttelte den Kopf.

«Wenn doch, kannst du's mir ruhig sagen», fügte Henrik hinzu.

«Warum?», fragte Eirik, in seinen Mundwinkeln klebten Krümel.

«Dann regele ich das», sagte Henrik.

«Das schaffst du nicht», sagte Eirik und grinste.

Danach spielten sie im Wohnzimmer Nintendo. Henrik ließ Eirik gewinnen, und Eirik schrie jedes Mal «Yes», er war so kindisch, dass Henrik lachen musste.

«Warum ist dein Bruder tot?», fragte Eirik, als sie eine Pause machten. Er fläzte sich aufs Sofa, bis er flach auf dem Rücken lag.

«Er wurde zu früh geboren», sagte Henrik. «Seine Lunge war so schwach, dass er nicht richtig atmen konnte.»

«Wo ist die Lunge?», fragte Eirik.

«Hier», antwortete Henrik und klopfte in Brusthöhe auf Eiriks Fußballtrikot. Sein Körper war so klein, klein und perfekt.

«Er ist so alt wie du», sagte Henrik. «War, meine ich, oder wäre gewesen.»

Er hatte warten wollen, aber das ging jetzt nicht mehr.

«Viele Kinder werden nach der Geburt aus dem Krankenhaus entführt. Ihre Eltern glauben, sie wären tot, aber in Wahrheit wurden sie von anderen Leuten adoptiert.»

Eirik rutschte unruhig auf dem Sofa herum.

«Das ist nicht wahr», sagte er.

«Doch. Ich hab's im Fernsehen gesehen.»

«Nein», beharrte Eirik.

«Vielleicht war es bei dir auch so, und deine Eltern wussten nichts davon», sagte Henrik.

Eirik setzte sich auf, zog die Knie vors Gesicht und schüttelte den Kopf.

Henrik spürte, wie er zu schwitzen begann. So hatte er sich das Ganze nicht vorgestellt.

«Komm», sagte er. «Ich zeig's dir.»

«Ich muss nach Hause», antwortete Eirik.

«Nein, guck doch mal», sagte Henrik. Er packte Eirik am Handgelenk und zog ihn in den Flur vor den großen Spiegel.

«Da», sagte er, «wir sehen uns ähnlich.»

Eirik schüttelte den Kopf.

«Doch», sagte Henrik lauter. «Guck doch mal hin.»

Jetzt, da sie nebeneinander vor dem Spiegel standen, gab es für Henrik keinen Zweifel mehr.

«Ich muss nach Hause», wiederholte Eirik.

«Nein, musst du nicht», sagte Henrik. «Du musst sagen, dass wir uns ähnlich sehen.»

Eirik begann zu heulen, so laut, dass Henrik zusammenzuckte, Eiriks Gesicht schien zu bersten, und Henrik ließ ihn los.

«Eirik», sagte er. «Nicht weinen.»

Eirik zog seine Turnschuhe an und ging, ohne Tschüss zu sagen, Henrik hörte ihn den Kiesweg hinunterlaufen. Er hatte seine Jacke vergessen.

«Was hast du zu Eirik aus der ersten Klasse gesagt?», fragte sein Vater am nächsten Abend.

Henriks Eltern standen in der Tür zu Henriks Zimmer, während er am Schreibtisch Hausaufgaben machte.

«Nichts», sagte Henrik.

«Sein Vater war eben hier», sagte Henriks Mutter. «Eirik liegt schon den ganzen Tag im Bett und will nicht mehr zur Schule.»

Henrik schwieg.

«Du hättest zu ihm gesagt, er sei entführt worden», sagte seine Mutter.

«Darüber macht man keine Witze», sagte sein Vater. «Das ist etwas Ernstes.»

Am nächsten Tag auf dem Weg zur Schule sah er Eirik von Weitem, umgeben von ein paar anderen Erstklässlern. Als Eirik sich umdrehte und ihn bemerkte, blieben er und die anderen stehen und steckten die Köpfe zusammen, dann rannten sie plötzlich los, ihre kleinen Rucksäcke hüpften auf und ab.

Henrik bat ihn nie um Entschuldigung, obwohl seine Eltern gesagt hatten, das müsse er. Er musterte Eiriks Gesicht auch weiterhin, versuchte, Ähnlichkeiten zu entdecken, er konnte nicht anders. Auch als er älter wurde, suchte er nach Merkmalen und Gemeinsamkeiten bei Kindern, die ihm begegneten, obwohl ihm klar war, dass sie nicht mehr das richtige Alter hatten. Er war sich nicht sicher, wonach er suchte, ob es etwas mit den Augen, den Haaren oder mit dem Mund war, er wusste nur, er würde es erkennen.

Wenn er Nachtdienst im Krankenhaus hatte, stand er oft da und betrachtete die Säuglinge. Ihre zerknitterten kleinen Gesichter, die winzigen Hände, die im Schlaf zuckten und zum Gesicht wanderten, ihre Münder, die sich an den Fingern festsaugten und dann den Daumen fanden, als gehörte er nicht zu ihrem Körper. Manche hatten eine frische rosige Farbe, andere sahen blasser und kraftloser aus, als sie sollten. Er kontrollierte Venenkatheter, strich vorsichtig über die fast durchsichtige, warme Haut und flüsterte den Kindern zu, sie sollten schlafen. Manchmal schloss sich eine kleine Hand um seinen Zeigefinger.

ENTSCHULDIGUNG, ENTSCHULDIGUNG, ENTSCHULDIGUNG

«VIELLEICHT GEHEN WIR mal nach der Schule ins Schwimmbad», sage ich. «Hast du Lust?»

«Heute?», fragt sie.

«Heute gehst du zu Mama», antworte ich. «Es ist Freitag.»

Sie nestelt am Sicherheitsgurt, das Gurtschloss klemmt hin und wieder, außerdem ist sie es nicht gewohnt, vorne zu sitzen. Schließlich helfe ich ihr. Der Schulhof ist voller Kinder, die erste kleine Pause hat begonnen.

«Maja», sage ich. «Kriegt Papa keine Umarmung?»

Sie macht sich steif, lässt sich aber von mir in den Arm nehmen. «Entschuldigung», sage ich, jetzt fange ich schon wieder damit an, wiederhole es mindestens drei Mal. Obwohl es zu kalt ist, habe ich ihr erlaubt, das kurze Kleid anzuziehen, und sogar versucht, ihr Zöpfe zu flechten, jeden Morgen quengelt sie, sie wolle Zöpfe, obwohl sie genau weiß, dass nur Kathinka welche flechten kann. Ihre Wange ist geschwollen, aber wenn ich es nicht wüsste, würde es mir nicht auffallen. Glaube ich.

«Kann ich jetzt gehen?», fragt sie.

Ich verspüre den Drang, noch etwas zu sagen, doch ich nicke nur. Sie knallt die Tür hinter sich zu, und ich sehe ihr noch einen Augenblick lang nach. Dem rosa Rucksack mit Elsa aus der *Eiskönigin*, ihrem Nacken mit den Härchen in der Mitte, die sich so schwer einflechten lassen. Dann fahre ich vom Parkplatz auf die Bundesstraße und gerate in einen Stau.

Morgens treibt Maja es neuerdings auf die Spitze. Es hört einfach nicht auf. Sie mag den Pulli nicht, sie mag die Hose nicht. Sie mag ihr Bett nicht. Sie will sich die Zähne nicht putzen, weil es nicht die gleiche Zahnpasta ist wie zu Hause.

«Hier bist du auch zu Hause», sage ich. «Zu Hause bei Papa.»

«Bin ich nicht», sagt sie.

Sie tritt nach mir, schubst mich, haut mich, Scheißpapa, Scheißpapa. Sie wird nicht müde, die reinste Naturgewalt aus Tritten, Geheul und Geschrei. Ich brülle sie an, und in meinem Bauch entzündet sich ein Feuer, das mir bis in die Hände, bis ins Gesicht flammt, ich weiß nicht, wo es herkommt, ich schlage mit der Faust gegen die Wand, die Sehnen an meinem Hals spannen sich, jeden Morgen, jeden beschissenen Morgen und jeden Abend, wenn sie ins Bett muss. DU ZIEHST JETZT DEN VERDAMMTEN SCHLAFANZUG AN UND LEGST DICH HIN. Ich bin es leid, wütend zu sein. Ich bin es leid zu schreien. Ich bin müde. Gehe auf dem Zahnfleisch. In meinem Kopf hämmert es. Ich will, dass es still ist. Jeden Morgen hetzen wir zur Schule, jeden Morgen komme ich zu spät zur Arbeit. Wenn ich sie zu Kathinka bringe, klammert sie sich im Flur an sie und ruft: «Mammmaaa! Ich hab dich soooo vermisst!» Ihre Stimme derart leidend, als hätte ich sie misshandelt, und Kathinka faucht mich an, was passiert sei, und ich antworte, überhaupt nichts sei passiert, merke jedoch, dass sie mir nicht glaubt.

Wenn wir uns sehen, drehen sich unsere Gespräche ausschließlich um Maja. Nie um Geld, den Anwalt oder Nina, auf keinen Fall um Nina, sondern um Elternabende und Turnsachen, dabei stehen wir in der Tür, so was schaffen wir. Maja klammert sich an Kathinka und erzählt, was ich alles falsch gemacht habe, auf so eine genüssliche Art und Weise.

«Papa hat vergessen, mir Turnsachen einzupacken», sagt sie und sieht Kathinka erwartungsvoll an, und Kathinka lächelt ein bisschen resigniert zu ihr herunter und dann zu mir, aber insgeheim freut sie sich, oh, wie sie sich freut.

Heute Morgen lief von Anfang an alles schief. Sie hatte einen Milchkarton umgestoßen, die Milch tropfte zu Boden, und ich latschte mitten hinein. Danach konnte ich ihre Butterbrotdose nicht finden und suchte wie ein Verrückter, während sie motzte, ich sei dumm, Scheißpapa Scheißpapa Scheißpapa. Als wir im Flur standen und bereit waren, zwanzig Minuten zu spät, fing sie plötzlich an, sich aus ihrer Strumpfhose zu schälen.

«Maja, das jetzt bitte nicht.»

«Ich will die nicht anhaben, die kratzt.»

«Mit der Strumpfhose ist alles in Ordnung. Du hast sie gestern getragen.»

«Ich will die nicht anhaben!»

Ich versuchte, ihre Arme festzuhalten, sie daran zu hindern, sich weiter auszuziehen. Sie schrie und kreischte und trat um sich. Meine Hände zitterten vor Wut, ich spürte ein Brennen im Bauch, beugte mich zu ihr hinab und brüllte, dass mir die Spucke aus dem Mund sprühte, ich zog ihr die Strumpfhose hoch, und sie brüllte weiter: «Ich will zu Mama, ich will zu Mama.» Als ich sie losließ, zog sie die verdammte Strumpfhose gleich wieder runter und kickte die ordentlich aufgereihten Schuhe und Stiefel in alle Richtungen. Da schlug ich sie, fest. Meine Handfläche traf ihre Wange und das linke Auge. Sie verlor das Gleichgewicht, knallte mit dem Hinterkopf gegen die Wand, an der unsere Jacken hängen. Ein Mundwinkel zog sich nach unten, dann folgte ein langes Wimmern. Jetzt stirbt sie, dachte ich und blieb reglos stehen und sah zu. «Entschuldigung», sagte ich. In meiner Brust und in meinem Bauch machte sich ein Gefühl von Kälte breit. «Entschuldigung Entschuldigung Entschuldigung.» Ich nahm sie in den Arm, wiegte sie. «Entschuldigung Entschuldigung Entschuldigung meine Kleine Papas Mädchen das wollte ich nicht das wollte ich nicht entschuldige ich war so wütend ich hätte das nicht machen dürfen ich hätte das nicht machen dürfen.»

Ich holte einen Eiswürfelbeutel aus dem Gefrierfach, wickelte ein Handtuch darum und kühlte ihr Auge. Sie steckte immer noch in ihrer Winterjacke. Im Kühlschrank fand ich eine angebrochene Flasche Cola und schenkte ihr ein Glas ein, total idiotisch.

«Ich hab mir schon die Zähne geputzt», sagte sie und schob das Glas von sich weg.

Damit brachte sie mich fast zum Platzen, sie ist so clever, richtig gerissen.

«Jetzt komme ich zu spät», sagte sie, saß da und drückte sich den Eisbeutel aufs Auge.

«Soll ich der Schule schreiben?», fragte ich.

«Was willst du denn schreiben?», fragte sie und starrte mich mit dem anderen Auge an. Ihr Mund war ganz schmal.

«Dass wir verschlafen haben», sagte ich, und darauf antwortete sie nicht.

Ich schrieb ihrer Lehrerin eine SMS. Mit freundlichen Grüßen und Smiley. Scheiße, dachte ich, und die Übelkeit stieg mir bis in die Kehle. Immer wieder strich ich ihr über den Kopf. Ihre Haare sind so glatt. Sie stützte den Kopf in beide Hände und starrte auf die Tischplatte.

«Ich hätte das nicht tun dürfen», sagte ich. «Das ist nicht erlaubt. Das darf ich nicht.»

Nach einer Weile zog ich sie auf meinen Schoß, und sie vergrub ihr Gesicht an meiner Schulter, ich hatte beide Hände um ihren Hals gelegt. Ich hielt ihr Gesicht von mir weg und sah sie an. Ihre Wange war immer noch rot. Vielleicht gibt das einen Bluterguss, dachte ich. Vielleicht ist er noch zu sehen, wenn ich sie zu Kathinka bringe.

Der Stau löst sich auf. Ich hätte sie bitten müssen, niemandem davon zu erzählen. Dass ich so etwas überhaupt denke. Ich wähle die Nummer vom Büro, Nina meldet sich.

«Oh, hey, mein Liebster», sagt sie.

Ich hatte gehofft, jemand anders würde rangehen. Ich erkläre, dass ich mich auch heute zum Jour fixe verspäte, und da lacht sie und fragt, ob schon wieder alles schieflaufe.

«Jepp», antworte ich. «Immer was los.»

«Meine Güte», sagt sie. «Echt nicht so einfach, die Kleine.»

«Das ist alles nicht leicht für sie», sage ich.

«Nein, natürlich», sagt Nina schnell. «Ich verstehe schon.»

Während ich einparke, denke ich, dass Maja bestimmt alles herausposaunt, sobald sie bei Kathinka durch die Tür ist, Papa hat mich geschlagen, Papa hat mich geschlagen. Sie wird nicht mehr zu mir wollen, Kathinka wird sie nicht zu mir lassen, vielleicht ruft die Schule an oder das Jugendamt, mir ist schlecht, ich habe mein Kind geschlagen.

Als ich das Büro betrete, ist der Jour fixe gerade vorbei. Kolleginnen und Kollegen kommen mit Kaffeebechern und Laptops aus dem Besprechungsraum, in der Luft liegt freitägliche Beschwingtheit, zum Mittagessen gibt es Kuchen. Als Nina an mir vorbeikommt, streicht sie mir flüchtig über den Rücken. Stein nickt mir zu, und ich sage: «Entschuldigung.»

«Schon in Ordnung», erwidert er und klopft mir auf die Schulter. «Wir haben alle mal solche Tage.»

Als wäre ich eine Frau, die gerade ihre Periode hat. Nichts ist in Ordnung. Die anderen arbeiten an Projekten, über die ich nichts erfahre, weil ich zu spät gekommen bin. Bald werden sie gar nicht mehr mit mir rechnen, und das ist Majas Schuld, ich schäme mich, dass ich das denke, Entschuldigung, denke ich, ich sage überhaupt nichts anderes mehr, Entschuldigung Entschuldigung verdammte Scheiße Entschuldigung.

Als ich mir in der Teeküche einen Kaffee mache, schleicht sich Nina heran und will mich küssen.

«Kommst du heute Abend, wenn du Maja weggebracht hast?», fragt sie.

«Klar», antworte ich.

Wir verbringen schöne Abende bei ihr. Wir kochen und trinken Wein und haben Sex und schauen danach einen Film, es ist wie im Urlaub. Abgesehen davon, dass sie immer so einen Aufstand macht, bevor ich komme, sie räumt auf und saugt Staub, kauft teuren Wein und Rinderfilet und bemüht sich, locker zu wirken. Man sieht ihr viel zu deutlich an, wie sehr sie sich freut, und wenn ich morgens loswill, steht sie da und lechzt danach, dass ich etwas sage, woran sie sich klammern kann, sie müsse unbedingt Maja kennenlernen, wir sollten bald zusammenziehen.

«Du siehst müde aus», sagt sie und drückt mir einen Kuss auf den Mundwinkel.

Am liebsten würde ich sagen: Du träumst davon, mit einem Kinderschläger eine Familie zu gründen.

Als ich vor dem Computer sitze und so tue, als würde ich arbeiten, sehe ich zu ihr hinüber. Sie hat den Platz am Fenster, ich sehe sie im Halbprofil. Letzten Herbst habe ich die ganze Zeit so dagesessen und sie betrachtet. Sie hat abgenommen, man merkt, dass es ihr nicht guttut, das hier, könnte ich mich aufraffen, würde ich Schluss machen. Was weiß sie schon, Nina mit ihren Büchern und ihrer winzigen Zweizimmerwohnung und den Freundinnen mit kleinen Babys, ständig rennt sie ins Fitnessstudio, sie hat so viel Zeit, aber was weiß sie schon über Kathinka und Maja und alles, was wir drei früher waren?

Ich warte vor der Schule im Auto. Aus dem Gebäude strömen Kinder, zu zweit oder zu dritt, manche schleichen sich allein und ängstlich nach draußen, andere kommen in lärmenden Grüppchen herausgestürmt. Maja geht zwischen zwei Mädchen, vielleicht auch hinter ihnen, ich bin mir nicht sicher. Sie steigt ein und sagt: «Hallo.» Ihre Zöpfe haben sich fast aufgelöst, die Haargummis halten sie kaum zusammen.

«Hattest du einen schönen Tag?», frage ich.

«War okay», sagt sie.

Sie ist fast wie immer, aber auch nur fast.

«Mit wem warst du in den Pausen zusammen?»

«Mia und Selma.»

«Habt ihr was Schönes gespielt?»

«Seilspringen.»

«Klingt gut», sage ich.

«Ich bin am längsten gesprungen», sagt sie, und erst jetzt sieht sie mir direkt in die Augen. Wenn sie stolz ist, kann sie das schlecht verbergen. Früher oder später bricht das unterdruckte Lächeln durch, bei dem Kathinka und ich immer schwach werden.

«Toll», sage ich mit dümmlichem Enthusiasmus und klopfe ihr auf die Schulter. «Mein Mädchen!»

Ihre linke Wange ist geschwollen. Man kann es unmöglich übersehen. Während der Fahrt betrachte ich ihr Gesicht im Rückspiegel, versuche, wie Kathinka zu denken, Maja so zu sehen, als ob ich nichts wüsste, hier kommt mein Kind nach einem stinknormalen Tag aus der Schule, aber es gelingt mir nicht, ich sehe nur noch die rote Wange. Ich denke an laute Stimmen und Geheul, einen Anwalt und das Jugendamt, und an einer Bushaltestelle setze ich den Blinker, halte an und ziehe die Handbremse.

«Hast du jemandem von heute Morgen erzählt?», frage ich.

Sie schüttelt den Kopf und sieht aus dem Fenster, ihr Kinn sinkt auf die Brust.

«Es ist besser, wenn wir Mama nichts davon erzählen», sage ich. «Du und ich, wir denken doch gar nicht mehr daran, oder? Aber Mama könnte traurig werden oder etwas missverstehen. Nicht wahr, Maja?»

Sie fummelt die Haargummis aus den Haaren und spielt damit herum.

«Wenn sie fragt, kannst du ja sagen, du hast das Springseil ins Gesicht bekommen», sage ich.

Die Wörter haben einen üblen Geschmack, aber ich spreche sie trotzdem aus.

Wir fahren zu Kathinka. Zu uns. Ich trage ihre Tasche den Kiesweg hinauf, Maja läuft vor. Noch ehe ich klingeln kann, macht Kathinka die Tür auf und drückt Maja so fest an sich, wie sie kann. Alles ist wie früher. Der Geruch in der Diele, die Zeichnungen und Bilder an der Wand, der lose Lichtschalter. Hier ist alles, was wir einmal waren, und ich lebe nicht mehr hier, ziehe die Schuhe nicht aus, gehe nicht hinein und setze mich nicht aufs Sofa, was hier fehlt, bin ich.

«Hattet ihr's schön?», fragt Kathinka mit neutraler Stimme und neutralem Lächeln.

«Hatten wir», antworte ich. «Im Rucksack liegt ein neuer Wochenplan.»

«Alles klar», sagt sie. «Du hattest auch Spaß, meine Kleine? Was ist mit deiner Wange?»

Sie fasst Maja am Kinn, hebt es leicht an.

«Ich hab ein Springseil ins Gesicht bekommen», sagt Maja.

«Autsch», sagt Kathinka.

Maja zieht ihre Schuhe aus und stellt sie an ihren Platz. Ihr Nacken ist so schmal, so klein. Sie dreht sich um und sieht mich an, während Kathinka die Jacke aufhängt. Sie lässt meinen Blick nicht los.

WAHNSINNIG TOLLE FRAU

NACH DER ARBEIT laufe ich zehn Kilometer, während Mathias die Kinder zu Cathrine bringt. Bergauf sprinte ich, so schnell ich kann, bis mir die Milchsäure in den Beinen brennt und ich gekrümmt nach Luft japse, aber es tut gut. Ich bin keine, die zu Hause herumhockt und wartet, ich bin eine, die laufen geht. Soll er ruhig draußen vor der Tür stehen, bis ich wiederkomme. Mitten im sechsten Kilometer halte ich an und ziehe das Telefon aus der Plastikhülle, nein, klar hat er nicht angerufen, aber ich konnte es nicht sein lassen, trotzdem nachzugucken.

Niemand steht vor der Haustür, als ich zurückkomme, meine Knöchel schmerzen treppauf. Diesmal wollte ich nicht warten, aber am Ende ist es doch immer so, ich fange zu früh mit dem Warten an. Im Kühlschrank liegt das Fleisch, das ich vierundzwanzig Stunden mariniert habe. Ich schäme mich, dass ich gerne ein Kleid anziehen würde, schäme mich für das Essen, das ich eingekauft habe, und dafür, dass ich morgen gerne im Café frühstücken und knutschen würde; er wird mit mir Schluss machen.

In der Dusche rasiere ich mir die Beine und die Vulva. Mathias sagt, ihm sei das egal, er gehöre einer Generation an, die Körperbehaarung gewöhnt sei, aber ich glaube, eigentlich gefällt es ihm doch, und ich will nichts sein, das er schon einmal erlebt hat, sondern etwas Neues. Ich sehe, dass ich dünner geworden bin. Meine Klamotten passen mir nicht mehr richtig. Ich scheiße drauf, ob ich dünn bin. Ich scheiße drauf, ob ich dick bin. Alles, was ich will, ist Mathias. Ich wollte noch nie jemanden so sehr wie ihn, in mir ist für nichts anderes mehr Platz, als ihn zu wollen.

Ins Handtuch gewickelt sitze ich da und gehe auf sein Facebook-Profil. Sehe nach, ob jemand etwas Neues auf seine Seite geschrieben hat und an welchen Orten er eingecheckt hat, und dann schaue ich seine Bilder durch und überspringe die alten, auf denen er mit Cathrine zusammen zu sehen ist. Ein Bild betrachte ich jedes Mal lange. Es wurde an einem Strand in Dänemark aufgenommen, wo sie immer ein Sommerhaus gemietet hatten, ehe er auszog. Er sieht jünger aus, hat weniger Falten um die Augen und längere Haare und trägt das jüngste Mädchen auf dem Arm, er lächelt nicht richtig, aber seine Augen blicken die Person hinter der Kamera warm an, als wüsste er ein Geheimnis. Ich möchte in dieses Bild hineingehen und dort stehen, mit nassem Sand unter den Füßen, Wind im Haar, mit dem Kopf an seiner Schulter und seinem Kind auf dem Arm. Ich nehme schon seit über einem

Monat die Pille nicht mehr. Einmal hatte ich sie vergessen, und danach habe ich es sein lassen, sie einfach nicht mehr genommen. Ich habe Schwangerschaftstests im Schrank und mache jede Woche einen, nie erscheint mehr als ein blauer Strich. Vielleicht kann ich keine bekommen. Neuerdings entdecke ich ab und zu ein paar kurze graue Haare zwischen den anderen, ich zupfe sie mit der Pinzette aus.

Eine Stunde vergeht, zwei Stunden, ich esse eine Scheibe Brot und gucke *Orange Is The New Black* und warte und warte und warte, was macht er nur so lange bei Cathrine, bleibt er jedes Mal ein bisschen länger, wenn er die Kinder abliefert, oder bilde ich mir das nur ein? Aber ich bin vernünftig und rufe nicht an. Als ich das erste Mal bei ihm zu Hause war, saßen wir auf seinem Sofa und tranken Wein aus großen Gläsern. Es war spät in der Nacht, aber ich fühlte mich weder müde noch betrunken. Er hatte sanfte Augen, alles war sanft, offen. Du bist so toll, sagte er, als wir im Bett lagen. Du bist die tollste Frau, die ich je kennengelernt habe. Die ganze Woche war ich zu aufgeregt, um zu schlafen, ich zitterte innerlich und fühlte mich den Tränen nah. Ich dachte, das ist Liebe. Dieses Wort. Ich ging durch die Gegend und trug es zwischen meinen Händen. So sah es aus.

Ich rufe Cecilie an, obwohl sie bestimmt keine Zeit hat. Nachdem es mehrmals getutet hat, meldet sie sich. Im Hintergrund kreischt Oskar.

«Warte kurz», sagt sie und ruft: «Sindre! Kümmerst du dich um Oskar, bitte!»

Es vergeht einige Zeit, in der sie wütend mit Sindre diskutiert, und ich warte.

«Verdammtes Irrenhaus», sagt sie, als sie wieder dran ist. «Was gibt's denn?»

«Nichts Besonderes», sage ich. «Ich warte nur gerade auf Mathias, mir war ein bisschen langweilig.»

«Jetzt nimm doch endlich die Brust, Nora», sagt sie. «Du hast die ganze Woche nicht richtig getrunken. Nein, hast du nicht.»

«Es hat keinen Sinn, dass ich dir etwas erzähle, wenn du nicht zuhörst.»

«Ich höre doch zu», erwidert sie. «Ich stille nur gerade. Wo steckt Mathias denn?»

«Er bringt die Kinder zu Cathrine», antworte ich.

Ich habe mir angewöhnt, sie «Cathrine» zu nennen, als würde ich sie kennen, das kommt mir erwachsen vor, eingespielt, er muss nur eben noch die Kinder zu Cathrine bringen, und ich bin die neue Freundin.

«Ist alles in Ordnung bei dir?», fragt Cecilie.

«Ich weiß nicht», antworte ich.

Cecilie hat am Wochenende keine Zeit mehr, sie muss ihre Schwester treffen, deren Kinder im selben Alter sind wie ihre eigenen, oder mit Sindre zu IKEA fahren. Ich schicke SMS und schreibe ihr über den Messenger, aber sie antwortet nie, es ist, als würde man sich selbst einen Ball zuwerfen. Hätte ich Kinder, würde sie mir antworten.

«Versuch, das Ganze entspannter zu sehen», sagt Cecilie. «Warte mal kurz. So, jetzt musst du aber trinken. Was wollte ich eben sagen? Ich hab's vergessen.»

«Du hast gesagt, ich soll versuchen, das Ganze entspannter zu sehen.»

«Ich finde nur, du investierst so viel Energie in die Sache. Und er wirkt irgendwie nicht ganz so … engagiert wie du?»

Wenn sie so etwas sagt, fühle ich mich wie ein verwöhntes Kind, das an ihr zerrt. Ich ziehe und zerre an all meinen Freundinnen, versuche, sie von Mann und Kind und Haus loszueisen.

«Aber gestern hat er noch gesagt, er liebt mich», sage ich.

Es rutscht mir einfach so heraus, so kann das gehen, schwups, hat man etwas gesagt.

«Echt!», sagt sie. «Ist das wahr?»

«Ja», erwidere ich so kichernd, als hätte er es wirklich gesagt, und irgendwie funktioniert es auch, es macht mich ein bisschen glücklich, mir selbst zuzuhören.

«Aber das ist doch großartig», sagt sie lachend.

«Ich weiß.» Ich lache auch.

Gegen sieben klingelt er. Ich lasse ihn rein und stehe in der Wohnungstür, während ich ihn die Stufen heraufkommen höre, und beim Geräusch seiner Schritte werde ich innerlich ganz weit. Er darf mich nicht verlassen.

«Oh Mann, diese Treppen», sagt er und umarmt mich. Es ist eine anständige Umarmung, er ruht an meiner Schulter, er riecht so gut, so gut.

«Hallo, Liebster», sage ich.

Warum kann ich meine Klappe nicht halten.

«Ich bin noch nicht zum Kochen gekommen», sage ich, ich muss ganz ungezwungen sein. «Ich war gerade laufen.»

«Nicht schlimm, ich habe unterwegs schnell was gegessen.»

«Oh», mache ich.

«Ach, sorry. Ich hoffe, du hattest nichts Großes geplant?»

«Quatsch, kein Problem», antworte ich und lache, keine großen Pläne, ich bin nicht schwierig, ich bin ein Mädchen für eine unkomplizierte Beziehung.

Wir sitzen auf dem Sofa, ich löffle Hüttenkäse direkt aus der Verpackung, er trinkt Bier.

«Ist irgendwas?», frage ich.

Er reibt sich das Gesicht.

«Ach, die Kinder sind nur gerade so anstrengend», sagt er. «Sie verkraften es nicht richtig, dass wir auseinandergezogen sind. Als ich sie bei Cathrine abgeliefert habe, fing Jeppe an zu weinen.»

«Ach, der Ärmste», sage ich und hoffe, mütterlich zu klingen, wie eine, die Kinder versteht.

Über die unter der Trennung leidenden Kinder zu reden, ist schön. Es ist natürlich nicht leicht für sie, sage ich, wenn ich mit Cecilie telefoniere, es macht mich erwachsener, dass Kinder da sind, dass ich auch ein Erwachsenenproblem habe, als wären wir schon lange zusammen, als wäre es etwas Ernstes. Manchmal fühlt es sich auch ernst an, wenn wir sonntagmorgens bei ihm zu Hause aufwachen und er uns Frühstück macht und mich fragt, ob ich ein Ei möchte. Aber ich habe die ganze Zeit das Gefühl, sein Zeitlimit zu überschreiten, er muss Cathrine mit irgendeiner Waschmaschine helfen, er muss Ski fahren, er muss die Kinder irgendwohin bringen, obwohl es nicht seine Woche ist. Zwischen unseren Treffen taucht er ab, er meldet sich nicht, ruft nicht an, es vergehen Tage, manchmal auch eine ganze Woche. Cecilie und die anderen sagen, ich dürfe nicht vergessen, dass er Kinder hat und viel zu tun, aber ich begreife es nicht, ich begreife es nicht, es strampelt ungeduldig und schmerzhaft in meiner Brust, es ist, als wäre er in mich eingezogen und ich würde mit seinen Augen aus mir heraussehen, wie ein Ohrwurm, den man im Kopf hat, wenn man aufwacht, und den ganzen Tag über, bis zum Einschlafen, ich lasse Sachen fallen, vergesse mitten in einer E-Mail, was ich schreiben wollte, verliere den Gesprächsfaden. Ich versuche, mich mit anderen Dingen zu beschäftigen, du musst dein eigenes Leben leben und dich auf dich selbst konzentrieren, sagt Cecilie, und ich sage Ja zu mehr Arbeit und Überstunden, ich laufe und laufe, aber ich werde nicht ruhiger, und abends gucke ich Netflix und HBO-Serien, bis ich ins Bett gehen muss, ohne mich an etwas davon zu erinnern, und dann kann ich nicht einschlafen.

Er nimmt mir den Hüttenkäse aus der Hand und stellt ihn auf den Tisch und legt sich auf mich und küsst mich. Ich bin so erleichtert, es fließt wie Wärme durch meine Arme.

«Ich dachte schon, du küsst mich heute gar nicht mehr», sage ich, warum kann ich meine Klappe nicht halten.

Wir ziehen uns aus, es geht zu schnell, aber es ist schön. Mit ihm ist es schöner als mit jedem anderen, weil er es ist, ich umklammere ihn mit Armen und Beinen, all die Haut, ganz nah. Anschließend verlässt er schnell das Bett, zieht sich am anderen Ende des Zimmers an, nimmt sein Bier in die Hand und trinkt es weiter. Ich komme nur langsam hoch und in meine Klamotten. Ich setze mich auf seinen Schoß und ziehe seinen warmen Kopf an mich. Er tätschelt mir den Rücken, aber ich sitze einfach nur da und komme mir dumm vor, als wäre ich im Weg.

«Du, ich muss morgen früh nach Hause», sagt er. «Ich habe die Kinder bis Sonntag.»

«Aber es ist doch Cathrines Woche», sage ich.

«Sie muss renovieren, deshalb passt es ihr nicht so gut», erklärt er. «Wollen wir einen Film gucken?»

Ich bleibe sitzen. Ich bin so müde.

«Bist du traurig?», fragt er.

Ich lasse die Haare nach vorn fallen, um mein Gesicht zu verstecken. Jetzt sieht man mir alles an, und das geht nicht. Ich muss sagen, dass alles in Ordnung ist, aber ich sage etwas anderes, das sich seinen Weg bahnt, obwohl ich es aufhalten will.

«Warum kommst du überhaupt her?», frage ich.

«Wie meinst du das?», fragt er.

«Warum kommst du her?»

Er sieht mich an und will etwas sagen, hält dann aber inne und kratzt mit einem Finger über den Tisch, und dann sieht er wieder zu mir auf und atmet lange aus, und da bekomme ich Angst.

«Du bist eine wahnsinnig tolle Frau», sagt er und legt sich seine nächsten Worte zurecht.

Da. Da ist es.

«Aber ich glaube, na ja, ich glaube, wir haben unterschiedliche Erwartungen. Wir wollen unterschiedliche Dinge.»

Es müsste etwas geben, was ich sagen könnte, etwas Großes, Tolles, was ihn dazu bringen würde, sich umzuentscheiden. Die üblichen Phrasen sind wie kraftlose Finger mit schlaffen Gliedern. Ich lege die Hände in den Schoß.

«Ich bin schwanger», sage ich.

Ich blicke ihn nicht an, während ich das sage, ich schaue auf meine Finger herab und denke, dass sie alt aussehen.

«Was?», fragt er.

Ich darf nicht darüber nachdenken, sonst geht es nicht.

«Du machst Witze», sagt er.

«Nein», erwidere ich laut und beleidigt, es fühlt sich nicht so an, als würde ich lügen.

Bald ist es zu spät, um zu sagen, dass es nicht ernst gemeint war. Noch kann ich es sagen. Er steht hastig auf und schlägt mit der Hand gegen die Wand. Da, jetzt ist es zu spät.

«Verdammte Scheiße», sagt er. «Entschuldige, dass ich das so sage. Aber es ist wirklich scheiße. Scheiße, scheiße.»

Ich sitze still da und bin müde, ich lege die Hände auf meinen Bauch. Die Haut ist warm.

«Bist du ganz sicher?», fragt er.

«Ja», antworte ich. «Achte Woche.»

Er steht einfach nur da und keucht und starrt die Wand an.

«Ich muss die Pille vergessen haben oder so», sage ich. «Ich habe es gestern rausgefunden.»

«Bist du ganz sicher?», fragt er noch mal.

«*Ja*», antworte ich, und mein Hals schnürt sich zu. «Ich habe drei Tests gemacht.»

«Aber in der achten Woche … dann ist es noch nicht zu spät.»

«Doch», sage ich. «Ich will es so.»

«Aber ich kann das nicht. Ich schaffe es nicht, ich kann nicht einfach wieder von vorn anfangen. Du musst mir zuhören», sagt er und geht neben mir in die Hocke, als wäre ich ein Kind, streichelt meine Hände, tätschelt mir den Kopf. «Ich kann das nicht. In meiner Wohnung ist gerade mal so Platz für die Kinder, die ich schon habe. Ich bin zu alt dafür.»

«Du bist doch wohl nicht alt.»

Ich lehne meine Stirn an ihn, sage, das werde sich schon klären, zusammen werden wir das schaffen, ich plappere drauflos.

«Aber hörst du denn nicht, was ich sage?», schreit er.

Er sieht so gut aus, dass mir ganz schwer in der Brust wird, oh, Mathias, der Hals, die Unterarme, sie tut weh, diese ganze Schönheit; sie so nah zu haben.

Am späten Abend ruft er an. Er klingt erschöpft, seine Stimme ist rau, und er macht lange Pausen zwischen den Worten, ich überlege, ob er getrunken hat.

«Dann muss es wohl so sein», sagt er. «Wenn du dich entschieden hast.»

Meine Nase ist verstopft.

«Ich habe es Cathrine erzählt», sagt er.

«Was hat sie gesagt?», frage ich.

Er antwortet nicht, atmet nur lange aus.

«Hallo?», sage ich. «Mathias?»

«Sie war traurig.» Jetzt klingt es fast, als würde er weinen. «Sie war sehr traurig. Morgen schicken wir die Scheidungspapiere ab.»

«Danke», sage ich.

Ich tue es wieder, lege die Hand auf meinen Bauch, unter den Pullover. Es fühlt sich an, als wäre da drinnen wirklich jemand, jemand, der zuhört und alles mitbekommt, was ich mache.

WENN ETWAS PASSIERT

AM SØRLANDSPORTEN kommt ein Auto von rechts die Autobahnauffahrt entlanggerast. Johanne kann direkt hineinsehen, und ein paar langsame Sekunden vergehen, ehe sie versteht, dass es viel zu nah ist. Sie öffnet den Mund und presst sich gegen die Sitzlehne, als könnte sie das Auto so aufhalten. Lars flucht und steigt auf die Bremse, ihre Oberkörper werden nach vorn geworfen, und das Auto zwängt sich vor sie auf die rechte Spur. Ellinor beginnt auf der Rückbank zu weinen.

«So ein Idiot!», sagt Lars, er hat Schweißperlen auf der Stirn.

An der nächsten Tankstelle halten sie. Johanne geht pinkeln und wickelt Ellinor. Ihre Hände zittern noch immer, ihre Augen im Spiegel sind aufgerissen. Draußen hockt Lars auf einem Holztisch und isst eine Wurst.

«Er sitzt auf dem Tisch!» Ellinor zeigt mit dem Finger auf ihn. «Der soll richtig sitzen.»

«Wir hätten tot sein können», sagt Johanne leise zu Lars und setzt sich neben ihn. «Du musst besser aufpassen.»

«Meine Güte», erwidert Lars. «Entspann dich.»

Er zaust ihr durchs Haar und küsst sie auf die Schläfe. Johanne kann das Geräusch des anderen Autos hören, das in sie hereinkracht, sie sieht Lars, wie er das Lenkrad loslässt, wie das Auto die Leitplanke durchbricht. Sie stellt sich vor, wie sie beim Geräusch von tropfendem Benzin in dem Autowrack aufwacht und Ellinor im Kindersitz eingeklemmt entdeckt, mit grässlich verdrehtem Nacken. Sie kneift die Augen fest zusammen, sie muss an etwas anderes denken. Sie kann sich darauf freuen, Lars das Ferienhaus zu zeigen und Ellinor ins Bett zu bringen, dann werden sie den Wein aus dem Kofferraum öffnen und miteinander schlafen. Sie fährt mit der Hand seinen Oberschenkel hinauf, um dem Gedanken Kontur zu verleihen, und er verschränkt seine Finger in ihren. Er ist immer noch gereizt, weil Ellinor mitkommen musste, das spürt sie, auch wenn er sich Mühe gibt, freundlich zu sein. Martin hat gestern angerufen und irgendeine dämliche Ausrede angeführt, warum er seine Tochter am Wochenende doch nicht nehmen könne. Das macht er ständig, wenn er weiß, dass sie und Lars etwas vorhaben. Sie haben sich lange am Telefon gestritten, und Martin weinte, er versucht nicht einmal, sich zusammenzureißen, wenn Lars erwähnt wird, so war er früher nie.

Als sie ankommen, ist es dunkel, und Ellinor schläft. Der Fjord liegt ruhig und schwarz da, der Wind ist frühlingskühl. Drinnen riecht es nach abgestandener Luft und Ameisenvernichtungsmittel und etwas anderem, Bettzeug, Kindheit. Sie zieht Ellinor die Schuhe aus und legt sie ins Gitterbett, und beim Anblick des schlafenden Gesichts flackert das Bild erneut vor ihren Augen auf. Wie sie bei dem tropfenden Geräusch aufwacht und Ellinor sieht, grauweiß und nass und reglos.

Lars sitzt auf dem Sofa, er hat eine Flasche Wein aufgemacht und blättert im Gästebuch. Sie setzt sich zu ihm und legt ihre Beine in seinen Schoß.

«Na, du», sagt er.

«Na, du», sagt Johanne.

Er streicht mit einem Finger über ihr Bein.

«Bin ich haarig?», fragt sie.

«Ein bisschen», antwortet er lachend.

Er hat so große Hände. Das war ihr als Erstes aufgefallen, und der lange Rücken. Wenn sie sich nicht sehen können und sich schmutzige Nachrichten schicken, schreibt sie immer etwas über seine Finger, die sie in sich spüren will.

Es war Martin, der sie Ende September auf eine Party schickte. Acht Monate ist das jetzt her, und der Gedanke, dass er gewissermaßen selbst dazu beigetragen hat, schmerzt immer noch. An jenem Samstag hatten sie auch Ellinors zweiten Geburtstag gefeiert, das Haus war voller Verwandter und Kinder und klebriger Kuchen und platzender Luftballons gewesen. Als Johanne abends an der Spüle stand und Glasur von einem Backblech schabte, legte Martin von hinten die Arme um sie und küsste sie in den Nacken und sagte, nun habe sie es sich aber wirklich verdient, zu Helenes Party zu gehen, falls sie überhaupt noch hinwolle, er werde fertig aufräumen und sich um Ellinor kümmern. Johanne war ganz gerührt, denn mittlerweile gelang es ihnen so selten, nett zueinander zu sein, ohne sich gegenseitig vorzurechnen, wer wie viel Schlaf bekommen hatte, wer zuletzt frühmorgens mit Ellinor aufgestanden war. Im Großen und Ganzen war sie alles so leid, dass sie kaum noch sprechen konnte, sie war Martin leid, weil er nie von seinem Telefon hochsah oder sich aufraffte, das Bad zu putzen, ohne dass sie ihn dazu auffordern musste. Und sie war Ellinor leid, die nachts um vier aufwachte und jede zweite Woche irgendeine neue Krankheit aus dem Kindergarten anschleppte, sie war sich selbst leid, wie dick sie geworden war, wie schlecht gelaunt, und die stinkenden Windeln im Mülleimer war sie auch leid. Und das Schlimmste war, dass es so sein sollte, dass es allen so ging und ihnen jetzt also auch. Nachts lag sie wach, selbst wenn sie die Möglichkeit gehabt hätte, ein bisschen zu schlafen, weil sie das Gefühl hatte, eine falsche Entscheidung getroffen, an irgendeinem Punkt etwas verkehrt gemacht zu haben, und manchmal war dieses Gefühl so stark, dass sie keine Luft mehr bekam, denn es konnte doch nicht so sein, konnte nicht schon alles gewesen sein. Aber in diesem Moment, an der Spüle, war Martin wieder Martin, und sie war dieselbe wie zuvor, und sie knutschten so schön wie früher, aber diesmal endete es nicht damit, dass sie gegen die Arbeitsfläche gelehnt Sex hatten, denn sie hatte es eilig, endlich loszukommen. Also zog sie ein Kleid an und nahm ein Taxi zu Helenes Party, sie würde nicht lange bleiben, und als sie klingelte, öffnete Lars ihr die Tür.

Sie war Lars schon einige Jahre zuvor auf einer Party begegnet, damals hatte er eine Freundin, und sie war schon mit Martin zusammen. Im Laufe des Abends hatten Lars und Johanne sich gegenseitig in einer Diskussion hochgeschaukelt, es war eine Mischung aus Flirt und Streit gewesen, von der die übrigen Anwesenden irgendwann genervt waren. Diesmal war er allein, Johanne fragte, ob er noch mit der Freundin von damals zusammen sei, und er sagte, schon lange nicht mehr. Zwischen ihnen herrschte immer noch derselbe schlagfertige, freche Ton, es machte Spaß, und er begleitete sie auf den Balkon, als sie eine rauchen wollte, obwohl er Nichtraucher war. Er gestikulierte wild mit den Armen, er war lustig und unverblümt, und sie freute sich, wenn sie ihm die Stirn bieten konnte. Sobald sie sich mit anderen unterhielt, spürte sie, wo im Raum er sich befand, spürte es mit dem Nacken und Hinterkopf. Einmal drehte sie sich um, ihre Blicke trafen sich, und er lächelte ihr auf eine neue, verschwörerische Weise zu. Sie musste daran denken, als sie angeheitert nach Hause kam und über Martin hinweg ins Bett kletterte, es fühlte sich dramatisch und schrecklich und schön zugleich an.

Eine Woche darauf rief er sie abends an, als Martin und sie gerade *True Detective* sahen. Sie wusste, dass er es war, obwohl sie die Nummer nicht kannte. Martin fragte, ob er die Folge anhalten solle, er hatte die Hand in einer Tüte Tortillachips vergraben. Johanne schüttelte den Kopf, sie sagte, es sei jemand von ihrer Arbeit, sie könne im Bad telefonieren.

«Du gehst mir nicht mehr aus dem Kopf», sagte Lars.

So etwas sagte man nur in Filmen, es passte nicht zu ihrer Umgebung, den Bergen mit frisch gewaschener Kinderkleidung, die darauf wartete, zusammengelegt zu werden, den Plastikflaschen mit Babyöl, den bekleckerten Lätzchen. Sie setzte sich auf den staubigen Badezimmerboden und schloss die Augen, sie war viel zu glücklich, und es war unmöglich.

«Du mir auch nicht.»

«Können wir uns treffen?»

In den darauffolgenden Wochen ging sie mit seinem Geschmack im Mund und ihrem eigenen Geruch an den Händen umher, ihr Kopf war mit warmem Nebel gefüllt, ihre Haut wund gescheuert, sie war ein pochender roter Puls und ein tiefes Stöhnen. Es fühlte sich nicht so an, als wäre sie untreu, nichts von allem schien wirklich, nicht einmal mehr ihr Alltag. Sie dachte an ihn, wenn sie Ellinor aus der Kita abholte, sie dachte an ihn, wenn sie Zwiebeln und Karotten fürs Abendessen schnitt, wenn sie morgens bei der Arbeit ihr Passwort in den Computer eintippte, wenn sie in Besprechungen saß, wenn Martin abends im Bett den Arm um sie legte, die ganze Zeit war da etwas in ihr, das nicht da war, etwas, das nichts als Lars wollte, die Beine um ihn schlingen wollte, nur noch ein letztes Mal.

Inzwischen ist es wärmer im Ferienhaus, nicht mehr so nasskalt.

«Habt ihr viel an dem Haus gemacht?», fragt Lars und sieht zur Decke.

«Ein bisschen», antwortet Johanne. «Martin hat vor einigen Jahren die Terrassendielen ausgetauscht, und gestrichen haben wir auch.»

Wir, denkt sie, ich darf nicht so oft wir sagen.

«Ich habe überhaupt kein handwerkliches Talent», sagt Lars. «Ich kann nicht mal einen Nagel in die Wand schlagen.»

«Zum Glück hast du andere Qualitäten», sagt Johanne und beißt ihn in den Hals.

«Sei nicht so frech.» Lars kneift sie in die Brust, und sie verpasst ihm einen sanften Tritt in den Bauch, und dann raufen sie kichernd auf dem Sofa. Sie bläst ihm einen, während er auf dem Rücken liegt, er schmeckt so gut, so aufregend. Während sie gerade dabei ist, jammert Ellinor plötzlich leise in ihrem Zimmer, Johanne registriert es nur vage in irgendeinem Winkel ihres Bewusstseins. Erst nachdem sie geduscht haben, als Lars mit einem Handtuch um die Hüfte ein paar Käsebrote macht, fällt es ihr wieder ein.

Sie nimmt den säuerlichen Geruch sofort wahr, als sie die Tür aufmacht. Ellinor steht im Bett und zittert, von oben bis unten mit Erbrochenem beschmiert. Als sie Johanne sieht, beginnt sie laut und verzweifelt zu weinen.

«Ach, Schätzchen», sagt Johanne und bricht auch fast in Tränen aus. «Ach, mein Schätzchen.»

Sie zieht Ellinor den stinkenden, nassen Schlafanzug aus und hebt sie hoch, Ellinor ist gleichzeitig durchgefroren und glühend heiß und klammert sich an sie wie ein kleiner Affe. Johanne ruft Lars durch die Tür zu, er müsse das Bett neu beziehen und die Matratze abwischen, und er reagiert gereizt, sie versucht, es zu überspielen, ein bisschen darüber zu lachen, doch er geht wütend an ihr vorbei, ohne sie anzusehen. Sie duscht Ellinor ab, zieht ihr einen frischen Schlafanzug an und legt sie in ihr und Martins Schlafzimmer, nein, ihr und Lars' Schlafzimmer, und steckt ihr ein Zäpfchen in das kleine Poloch, und sie würde am liebsten weinen und weiß nicht, warum, Kinder werden doch ständig krank, aber was, wenn sie Ellinor auf dem Rücken gefunden hätte, mit Erbrochenem im Hals, blau um den Mund, sie darf nicht so denken, aber sie hatte Ellinor gehört.

«Ist alles in Ordnung mit dir?», fragt Lars. «Du bist so komisch.»

Der Käse auf den Broten ist hart geworden.

«Ich glaube, ich bin nicht ganz auf der Höhe», sagt Johanne.

Er wartet darauf, dass sie noch mehr sagt, aber sie findet nicht die richtigen Worte, fingert am Fuß des Weinglases herum.

«Und du?», fragt sie schließlich.

«Ach, eigentlich alles in Ordnung», antwortet er. «Ich hatte mir das hier nur ein bisschen anders vorgestellt.»

«Dann darfst du dir keine Freundin mit Kind suchen.»

«So habe ich das nicht gemeint. Das weißt du.»

«Es stresst mich, wenn du so bist. Du findest alles irgendwie so anstrengend.»

«Nein, ich finde es nicht anstrengend. Oder na ja, intensiv ist es schon.»

Er schläft zuerst ein, Johanne liegt da und betastet die Astlöcher in der Dachschräge über dem Bett, steckt die Fingerspitze hinein. Sie hat Ellinor wieder ins Gitterbett hinübergetragen, nachdem sie die Matratze umgedreht hat. Alles ist so wie früher, die blaue Kommode, das hässliche, altmodische Schiffsgemälde, die Möwenschreie vom Fjord, nur liegt jetzt Lars neben ihr und nicht Martin. Sie hört die Boote unten in der Bucht aneinanderschaukeln. Jeder könnte vom Meer hereinfahren und dort anlegen, zur Hütte hinaufgehen, ein Fenster einschlagen. Schließlich steht sie auf und geht zu Ellinor hinein. Sie liegt so niedlich da, beide Arme nach oben gestreckt. Johanne friert, als hätte sie auch Fieber, sie möchte Ellinor fest an sich drücken und mit ihrem Körper abschirmen. Sie hätten nicht herfahren dürfen, denkt sie.

Am nächsten Morgen ist Ellinor wieder munter und will spielen. Johanne hat kaum geschlafen und einen bitteren Geschmack im Mund, die Müdigkeit schwelt in ihrem Körper wie ein Brand. Stunden später taucht Lars auf, nur in Boxershorts und mit zerzaustem Haar.

«Ich brauche Kaffee», sagt er und reibt sich das Gesicht, genau wie Ellinor direkt nach dem Aufstehen.

«Wir müssen bald mal eine Runde raus», sagt Johanne.

Er sitzt mit nacktem Oberkörper am Küchentisch und trinkt Kaffee und beschäftigt sich mit seinem Telefon. Ist er so?, denkt Johanne, ist er so einer, der die ganze Zeit schläft und in Boxershorts herumläuft? Ellinor trommelt ihr mit den Händen auf die Oberschenkel und sagt Mama, Mama, Mama, und Lars blickt nicht auf.

«Hallo», sagt Johanne und wedelt mit der Hand direkt vor seinen Augen herum. «Wollen wir eine Runde Boot fahren?»

«Ja, Mama», sagt Lars.

«Ich gehe jetzt, du kannst ja nachkommen, wenn du Lust hast», sagt sie und steht auf.

«Johanne», sagt Lars. «Du.»

Sie befestigt eine Rettungsleine an Ellinors Schwimmweste und bindet das andere Ende um die Ruderbank. Während sie das Wasser aus dem Boot schöpft, kommt Lars zum Steg herunter, er wirkt versöhnlich und wedelt mit einer Schwimmweste, die er im Schuppen gefunden hat, es ist Martins alte Weste.

«Machst du die Leine los?», fragt Johanne.

Irgendetwas gärt in ihrem Inneren, wenn er sich jetzt dumm anstellt, wird sie ihn anfahren. Es regnet, aber nur leicht, ein Prickeln auf der Meeresoberfläche. Ellinor lässt sich auf Lars' Schoß heben. Singend und grölend übertönt sie das Motorgeräusch und klatscht im Takt gegen seine Handflächen. Er lächelt Johanne stolz über seine Schulter hinweg an, sie versucht zurückzulächeln. Genau das hat sie sich vorgestellt, sie drei, im Boot, doch während sie zwischen den Schären umhertuckern, hat sie die ganze Zeit nur Angst, dass eine Welle kommen und sie umwerfen könnte.

Auf dem Rückweg schüttet es richtig, ein hartes Prasseln. Der Regen durchlöchert die Wasseroberfläche, um sie herum ist alles bleigrau und nass. Johanne und Ellinor tragen Regensachen und Gummistiefel, Lars nicht.

«Wir haben so ein Glück mit dem Wetter», ruft er.

Das Haar klebt an seinem Kopf, er sieht aus wie ein gerupfter Vogel. Sie blickt auf seine nassen Converse und windet sich innerlich vor Scham, weiß er denn nicht, wie rutschig es bei Regen in einem Boot ist?

«Warum hast du keine Regensachen angezogen?», ruft sie ihm zu und beschleunigt.

«Ich konnte ja nicht wissen, dass es so schlimm werden würde», ruft er lachend, sie weiß, dass sie mitlachen müsste. Sie fährt schneller nach Hause als nötig, Ellinor kreischt begeistert. Sie können nicht hier draußen bleiben, das Meer ist so weit, und sie sind so klein. Als sie wieder in die Bucht hineinfahren, erhebt sich Lars mit Ellinor auf dem Arm, um auf den Steg zu steigen und das Boot festzumachen.

«Tu das nicht», sagt Johanne lauter als gewollt. «Gib sie mir.»

Lars reicht ihr Ellinor, und dann gleitet er auf den nassen Planken aus und schlägt mit dem Knie gegen die Reling. Genau, wie sie es verdammt noch mal geahnt hatte.

«Lars ist hingefallen», sagt Ellinor und zeigt mit dem Finger auf ihn.

«Ja, Lars ist hingefallen», wiederholt Johanne und kippt den Motor hoch, ihre Finger zittern vor Wut, ihr ist kalt. Lars streicht ihr über den Nacken, er lächelt peinlich berührt, sie kann ihn nicht ansehen.

Anschließend macht sie mit Ellinor einen langen Spaziergang entlang der Schärenküste, sie sagt Lars, es sei besser, wenn sie allein gehe, Ellinor solle im Wagen einschlafen. Er scheint ihr nichts anzumerken, sondern nur froh darüber zu sein, das Haus für sich zu haben. Fast alle anderen Hütten sind verrammelt, und auf den Parkplätzen stehen keine Autos, ab und zu begegnet sie einem Menschen, sie nicken einander zu, so ist das hier. Martin hat mal gesagt, hier alt zu werden, könne richtig schick werden, einfach nur auf den Fjord zu gucken und P2 zu hören und Rentnersex zu haben, was auch immer das heißen sollte, sie lachten darüber. Und jetzt spaziert sie hier allein mit Ellinor entlang.

Abends will Ellinor nicht schlafen, sie setzt sich in ihrem Bett auf und ruft in einem fort: «Mama!»

«Wäre es nicht besser, einfach mal nicht hinzugehen?», fragt Lars, als sie zum dritten Mal bei ihr war und ein Gutenachtlied gesungen hat.

«Sie läge schon seit einer Stunde im Bett, wenn du nicht so lange fürs Kochen gebraucht hättest», erwidert Johanne und lässt sich auf das Sofa fallen.

Es tut gut, so gemein zu sein, ein dunkles und süßes Gefühl.

«Möchtest du, dass ich nach Hause fahre?», fragt er und stellt sein Glas ab. «Du meckerst nur an mir herum.»

«Hör doch auf.»

«Für mich ist das auch nicht so schön.»

«Du bemühst dich aber auch nicht besonders.» Johanne setzt sich im Bett auf.

«Ich bemühe mich die ganze Zeit, verdammt noch mal», schreit Lars. «Ich habe sogar die Kotze deines Kindes weggewischt.»

«Du wusstest, dass ich ein Kind habe.»

«Und du wartest die ganze Zeit nur darauf, dass ich etwas falsch mache.»

Sie kann nicht schlafen. Ihr Magen brennt. Sie steht auf, setzt sich im Dunkeln ins Wohnzimmer und ruft Martin an. Erst geht er nicht ans Telefon, sie ruft erneut an, zweimal, sie atmet schnell und keuchend, bis sie schließlich seine Stimme im Ohr hat.

«Wie viel Uhr ist es?», fragt er.

«Es ist mitten in der Nacht», sagt sie. «Entschuldige, dass ich anrufe, ich bin nur, ach, ich weiß auch nicht.»

«Ist etwas mit Ellinor?», fragt Martin, sie kann hören, wie er sich im Bett aufsetzt.

«Nein, nein», sagt Johanne.

Sie holt tief Luft.

«Es tut mir leid», sagt sie.

«Tja», sagt Martin.

«Aber dir geht es gut, oder? Du kommst jetzt gut klar?»

Martin schweigt.

«Martin», sagt sie.

«Was soll ich denn jetzt bitte sagen?», fragt er. «Dass alles super ist, oder was?»

«Ja, kannst du das nicht sagen?» Johanne versucht zu lachen, bringt aber nur eine Art Fiepsen zustande.

«Dafür ist es jetzt ein bisschen spät», sagt er, seine Stimme ist leise und alltäglich, und das lässt sie noch mehr verzweifeln, als wenn er weinen würde.

Am nächsten Morgen erwacht sie allein im Doppelbett, die Decke ist schwer und kompakt. Die Sonne scheint direkt durchs Fenster, im ersten Moment weiß sie nicht, wo sie ist.

In der Hütte ist es vollkommen still. Genau das ist verkehrt: Sie kann Ellinor nicht hören.

Sie geht in das andere Zimmer, der Puls klopft schon in ihren Ohren, das Kinderbett ist leer. Das Wohnzimmer ist leer.

«Ellinor», ruft sie, im Haus und aus dem Fenster heraus.

Das Auto steht noch da, aber es ist niemand zu sehen, weder drinnen noch draußen. Sie schwitzt unter den Haaren, unter den Fußsohlen, sie hebt Wolldecken an und verschiebt Sessel, als könnte Ellinor darunter liegen. Eine schwarze Übelkeit überkommt sie, sie hat es gewusst, sie hat es die ganze Zeit gewusst.

«Lars!», ruft sie.

Soll sie Martin anrufen oder die Polizei, die Sonne sticht ihr in den Augen, sie steht mit dem Telefon in der Hand am Hang, keine neuen Nachrichten, kein Mensch zu sehen. Dann entdeckt sie das Boot. Draußen auf dem Fjord, nicht weit außerhalb der Bucht; sie sieht Lars, und sie sieht Ellinors Gestalt im Vordersteven, stehend, ohne Rettungsleine.

Sie läuft auf den Steg und ruft. Lars winkt ihr aus der Ferne zu, seine Bewegungen sind frisch und fröhlich, er hält etwas hoch, das wie ein Fisch aussieht, ein verdammter Fisch, Ellinor winkt ebenfalls. Johanne weint. Das Boot fährt heran, er wirft ihr die Leine zu, sie macht es fest und springt ins Boot, sodass es sich zur Seite neigt und Ellinor auf das Dollbord stolpert. Johanne umarmt sie fest, schlägt die Fingernägel in ihre Schwimmweste.

«Was zum Teufel fällt dir ein?», sagt sie zu Lars. «Du bist ja völlig krank im Kopf.»

«Wir waren nur ein bisschen angeln», erwidert Lars. «Was ist denn mit dir los?»

Er streckt ihr den Eimer entgegen, drei nasse, glänzende Makrelen, die immer noch zucken und mit dem Schwanz schlagen.

«Du hast ihr die Rettungsleine nicht angelegt», sagt Johanne. «Sie hätte ertrinken können.»

Sie bohrt die Nase in Ellinors Nacken. Ellinor mag es nicht, wenn man sie so fest umarmt, sie strampelt sich frei.

«Ich dachte, ich lasse dich ausschlafen», ruft Lars und lässt den Eimer mit den Fischen fallen, blutiges Wasser schwappt auf die Planken. «Dann wollte ich Frühstück für dich machen, wenn du aufwachst.»

«Ich hatte solche Angst», sagt Johanne.

«Aber warum?», fragt Lars.

Er steht mit hängenden Armen im Boot, in einer Schwimmweste, die ihm zu groß ist, sie kennt ihn nicht.